メモリアス

——ある幻想小説家の、リアルな肖像

アドルフォ・ビオイ＝カサーレス＝著
大西　亮＝訳

現代企画室

メモリアス——ある幻想小説家の、リアルな肖像

アドルフォ・ビオイ＝カサーレス
大西亮＝訳

セルバンテス賞コレクション 3
企画・監修＝寺尾隆吉＋稲本健二
協力＝セルバンテス文化センター（東京）

Instituto
Cervantes

MEMORIAS
ADOLFO BIOY CASARES

Traducido por ONISHI Makoto

本書は、スペイン文化省書籍図書館総局の助成金を得て、
出版されるものです。

目次

1 —— 5
2 —— 9
3 —— 20
4 —— 24
5 —— 27
6 —— 31
7 —— 35
8 —— 39
9 —— 42
10 —— 47
11 —— 51
12 —— 65
13 —— 70
14 —— 76
15 —— 77
16 —— 88
17 —— 93
18 —— 96
19 —— 100
20 —— 111
21 —— 120
22 —— 129
23 —— 137

家族の物語

24 —— 169
25 —— 183

私の著書について

26 —— 190
27 —— 194
28 —— 199
29 —— 203
30 —— 208
31 —— 211
32 —— 215

訳註 —— 220

訳者あとがき —— 224

1

私は母方、父方ともに農場主の家系に属している。私の幼少のころは、祖父ビセンテ・L・カサーレスがかつて所有していた地所のうち、カニュエラス郡のサン・マルティン農場が依然として私たちの手許に残されていた。私のもうひとりの祖父であるフアン・バウティスタ・ビオイは、その死に際して息子たちに農場を分け与えた。息子たちのなかには、与えられた農場を手放したものもいれば、自ら生命を絶ったものもいる。彼らの多くは、いわば第二世代の典型に属する人物であった。洗練された教養の持ち主であり、人生で最良の物事を嗜む人々。私は彼らのことを思うにつけ、遺産相続人というものは社会にとって、苦しみにあえぐ煉獄の住人の頭上に天の水を注ぐといわれる天使のような存在だと考えたものである。

早くから私の人生にとって、馬と犬が欠かせない存在となった。三歳のころ、私は馬に変身した自分を想像することにひそかな悦びを感じるようになった。家のものは、牧草を口に入れる私に不快な味のする薬を飲ませ、私を無理やり現実世界に引き戻した。当時、薬といえばたいていひどい味がしたものである。

私は幼い時分から農場で馬に乗ることを覚えた。最初は父に抱かれて〈カラス〉という名の馬にまたがった。やがて、父に端綱を引いてもらって、黒縞の入った赤毛の小馬に乗るようになった。ある朝、父と喧嘩した私は、ひとりで手綱を操る羽目になり、思い切ってギャロップを試みたものの、生まれて初めての落馬を経験した。その後何年にもわたって、私は毎日のように馬から落ちることになる。それでもなんとか馬を乗りこなせるようになった私は、すでに一人前の大人の風格を帯びた年若いガウチョのコリアに誘われて、野兎を追いかけたり、溝を飛び越えたり、ほかにもさまざまなことに挑戦した。

ある日、私は福引で雌の赤毛の小馬を手に入れた。それには〈幸運《ラ・スエルテ》〉という名がつけられた。私がその馬を「ぼくの小馬ちゃん」と呼ぶと、父はそれをたしなめた。「完全に手なずけるまでは、ぼくの小馬なんて言うもんじゃないよ」。まもなく父は、私が馬を自在に操ることができるようになったことを認めてくれるようになった。父の言葉を鵜呑みにした私は、それを多くの人に吹聴した。いま思うと、父は私の恐怖心を取り除き、まだ幼い私を励ますためにそのようなことを口にしたのだろう。いずれにせよ、父の言葉に微塵の疑いも差し挟まなかった私は、小馬を完全に自分のものにしたと思い込んだ。子供というものは、大人の言うことを素直に受け入れるものである。ところが、同じく子供というものは記憶力がいいはずなのに、私はなぜか〈幸運〉が活発に飛び跳ねている様子を思い出すことができない。

その次に私が手に入れたのは、栗毛の小馬だった。リンコン・デ・ロペス農場で飼われていたその小馬を、伯母のフアナ・サエンス・バリエンテが私にプレゼントしてくれたのである。さらに私は〈エル・ガウチョ〉という名の、赤味がかった葦毛の馬を手に入れ、数々のレースで優勝した。私はエスタニスラオ・デル・カンポの『ファウスト』の一節をそらんじていたが、それは次のように始まる。

赤味がかった葦毛の馬
血気さかんな駿馬に跨り[*1]

赤味がかった葦毛の馬を手に入れた私はすっかり有頂天になっていたが、暗色の毛色を好む土地の人々は私の喜びが解せないらしかった。少なくともラス・フローレス郡第七地区に住む人々は、エスタニスラオ・デル・カンポよりも、赤味がかった葦毛を賛美した彼を嘲笑したラファエル・エルナンデス[*2]のほうに理があると考えていた。

私はたくさんの犬を飼った。あらゆる出来事は対になって訪れるという世の常にたがわず、私は最初の犬を福引で手に入れた。映画を見るために〈グラン・スプレンディッド〉へ連れていかれた私は、幸運にも毛がふさふさした薄茶色のポメラニアンを引き当てたのである。それには〈ガブリエル〉という名がつけられた(いまでもガブリエルという名前は私に薄茶色を連想させる)。ところが翌日、犬は家のなかから姿を消していた。きっと夢でも見たのだろうと言われたが、福引で犬を引き当てた記憶はどう考えても夢ではなかった。その日を境に、私は親の前でガブリエルの名を口にすることをやめた。犬を飼うことを息子にあきらめさせようと両親はその後もあらゆる手立てを講じたが、すべてが無駄であることを最後には悟ったようである。

犬にまつわるもうひとつの、ほろ苦くも滑稽な、そして私にとってはこの上なく痛ましい思い出となっているのは、かの有名なボクサーにちなんで名づけられたブルドッグの〈フィルポ〉をめぐる記憶である。ブルドッグ特有の獰猛な面構えをしたその犬は、四六時中よだれを垂らしていた。これまで飼った犬のなかでも飛び抜けて主人に忠実だった哀れな〈フィルポ〉は、私がいなくなると寂しがり、ところ構わずよだれを垂らしながら私の姿を求めて家中を隈なく歩き回った。犬を毛嫌いし、狂犬病を何よりも恐れていた私の母は、ある日〈フィルポ〉をどこへかやってしまった。それ以来〈フィルポ〉は、私の夢のなかにたびたび登場するようになり、そのたびに私は、あの〈フィルポ〉がついに帰ってきてくれたのだと思ってうれしくなったものである。

私にとって夢はつねに現実そのもの、あるいは現実の夜の部ともいうべきものだった。そうなったのも、おそらく〈ガブリエル〉を夢に見たのだろうと両親に言われたことがきっかけになっていると思う。

2

幼少のころ、私はよく母に、さまざまな動物が登場する物語を語り聞かされた。巣穴を出た動物たちは、数々の危険に直面しながらも、艱難辛苦を乗り越え、最後は無事にねぐらに戻ってくる。パルド村やビセンテ・カサーレス村に滞在しているときには、浴槽に湯が入るのを待つあいだ(勢いよくほとばしる湯の音を私はいまでもよく覚えている)、父は私にサマニエゴやイリアルテ、ラ・フォンテーヌの寓話を語り聞かせ、さまざまな詩を朗誦してくれた。

おお、ロサスよ、永久《とこしえ》の恐ろしき呪いをお前に投げかけずに
五月の勲《いさおし》＊3を誉めたたえることなどできはしない
(中略)
チンボラソの麓、お前の兄弟《はらから》どもが
その偉大なる額に月桂冠を戴くとき
お前は髪を風になびかせ、投げ縄を振り回し
荒涼たるパンパに駿馬を駆る

マルモルの「ロサスへ」と題された詩の一節である。「額に戴く」という表現はそれほどすぐれた着想とは思えないし、騎馬の伝統が深く根づくわが国においてはもっぱら「馬」caballoという言葉が用いられることを考えると、「駿馬」corcelというのは耳慣れない、安っぽい詩的表現だというべきである。しかしながらマルモルは、のちにルゴーネスが実践したように、言葉のあらゆる可能性を駆使しながら詩作を行った。また、いにしえの統一派《ウニタリオ》の戦士たちに憧れる私のような人間の魂をやさしく慰撫する力が彼の詩に備わっていることも否定できない。

フロレンシオ・バルカルセ[*4]の作品からは、多少くどい印象を与えないこともない「葉巻」という詩を父は吟じてくれた。

それにしても栄光とはいったい何なのか？　それは無
葉巻の煙のようなもの

私はこの詩に漂うそこはかとない諦観に心を惹かれていたし、何よりもあの馥郁たる葉巻の香りを好んでいた私は、葉巻に巻かれた紙製の金の帯や、先端を切り落とすために用いる金属製の器具、青味を帯びた葉巻の灰などを次々と連想させるこの詩に大いなる魅力を感じていた。カサーレス家にも葉巻を嗜む伯父たちがいた。私はある種の畏敬を感じながら、葉巻に巻かれた紙の帯が引き裂かれ、先端を切り落とされた葉巻が口元へ運ばれ、火をつけた先端から煙がもくもくと立ちあがる様子を眺めたものだ。先に挙げた反復句《リフレイン》――それにはいくつかのバリエーションがあったが、つねに葉巻という言葉が登場する――は、とりわけ私には目新しく、知の冒険への旅立ちを後押ししてくれるものだった。

それからかなりの年月が経って、十八歳か十九歳になった私は、リフレインを含む散文に出合った。それはシュニッツラーの短篇で、私は伯母のファナ・サエンス・バリエンテに薦められてこの作家の作品に親しむようになっていた。「フロイライン・エルゼ」というタイトルのその作品は、失望や幻滅の影をひきずる若い女性を主人公としている。理由はよく覚えていないが、物語の随所に同じ電報の文面が挟み込まれ、そこには悲痛な調子で「送付先はフィアラのまま」と記されている。物語は次のような印象的な場面で幕を閉じる。皮のコートに身を包んだエルゼ嬢がゆっくりと階段を下り、パーティーが催されている広間に現れる。人々の視線が彼女に注がれるなか、エルゼはコートの前をはだけ、おもむろにそれを床に脱ぎ捨てる。すると、彼女の全裸の姿が衆人の目にさらされる。私はこの印象的な場面に強く惹きつけられると同時に、依然としてフィアラのままでありつづける送付先のことがどうしても忘れられず、それをシルビナに語ったことがある。彼女の顔に皮肉の笑みが浮かぶのを私は見逃さなかった。

ドミンゲス[*5]の作品からは、「オンブー」と題された詩を父は朗誦してくれた。そのなかで私がいまでもかろうじて覚えているのは、次のような詩節だけである。これは多くの人にとっても同じことであろう（あるいはもう誰も思い出さないかもしれない）。

それぞれの地には
おのおの象徴が存在する
ブラジルには灼熱の太陽
ペルーには銀鉱
モンテビデオには丘陵
ブエノスアイレス　麗しき故郷
その広大無辺のパンパには
オンブーの木が

「ブエノスアイレス　麗しき故郷」という詩句には、私のブエノスアイレス人としての愛郷心をくすぐるものがある。私はまた、きっと多くの人がそうであるように（あるいはもう誰も覚えていないだろうか？）、ドミンゲスの詩をもじった以下の詩句を記憶している。

それぞれの地には
おのおの象徴が存在する
ブラジルはペルーの女たちと連れ立ち[*6]

発情する

詩のタイトルにもなっているオンブーの木は、たしかにパンパの象徴ともいうべきものだが、私の所有する平坦なパルドの農場では、厳しい冷え込みによる霜のために、萎縮したみすぼらしい貧木になりさがっている。その様子は私を少なからず落胆させたものである。よく知りもしないくせに、オンブーこそわが祖国の樹木と頭から決めてかかっていた私は、自分が所有することになったパンパの一画、それゆえ私にとってはかけがえのないその一画に、じつはオンブーの木がほとんど生えておらず、まれに生えていたとしてもやせ細った貧相なものにすぎないという現実を突きつけられたわけである。この有名な木が本来は熱帯の地に産することを知ったときも少なからず落胆させられた。

フアン・チャサイング[*7]の「わが国旗に捧ぐ」という詩は、いまでもそれを思い起こすと胸が高鳴るのを覚える。

栄光に満ちたアルゼンチンの永遠の頁《ページ》
憂愁に閉ざされた祖国の像《イメージ》
いまだ知れぬ無辺の愛の中核

チャサイングについては、一八三八年にブエノスアイレスに生まれたということを除けば、ほとんど何も知るところがなかった。かつてフランス南部のカーニュ・シュル・メールを旅したとき、たまたま同じ名前の薬剤師に出会ったことがあるが、十九世紀にリオ・デ・ラ・プラタへ移住した祖先がいるという話は聞かなかった。

父はまた、バルトロメ・ミトレの次の詩を語り聞かせてくれた。

セリートとアヤクチョ[*8]の
同胞たちよ　いまいずこ
御しがたい勇気をもって
薬莢を噛んだあの戦士らは

「傷病兵」と題されたこの詩は、かつて独立戦争に従軍し、サン・マルティン将軍とともにアンデス越えを敢行しながら、最後は物乞いにまで身を落としたある老兵士について詠ったものである。私はこの詩から、人の一生というものが数々の危難に満ちた波乱に富む冒険であるとともに、栄光に満ちた壮大な旅路でもあることを学んだ。「薬莢を噛む」という詩句も、火薬の匂いが好きだった私を魅了した。自分はあるいはひょっとすると猟師になったかもしれないと思うことさえある。猟銃を生まれて初めて手にした日、私は一羽のオウムを見事に仕留めることに成功した。すっかり得意になった私は（それが散弾銃であることを知らなかったのだ）、哀れなオウムの運命に同情することを忘れていた。私がとくに愛着を感じていた猟銃は、ある種の浮き彫り文様が銃身に施されたものだった。私が尊敬していた大人たちの多くは狩猟を嗜んでいた。父やビセンテ・カサーレス、フェデリコ・マデロに連れられて猟に出かけることもしばしばあったが、私は次第に、彼らが的を外し、野兎や鷓鴣が無事に逃げおおせることを願うようになった。母がかつて、すんでのところで危難を免れ、無事にねぐらへ戻る動物たちの物語をいろいろと語り聞かせてくれたのも、あながち無駄ではなかったというわけである。

私と同世代のアルゼンチン人の多くがそうであるように、私はエスタニスラオ・デル・カンポの『ファウスト』の最初の詩句をいまでもそらんじている。私には長いあいだ、「勇壮な」Bragadoという形容詞がいわくありげな言葉に思われた。また、エスタニスラオ・デル・カンポの詩には、「ラグーナという通り名の」ガウチョが登場するが、それを初めて読んだときは、「通り名」という言葉の意味がよくわからなかった。一方、「ラグーナ（潟）」という言葉の意味はよく理解できた。というのも、パルドには現にたくさんの潟があったからである。いずれにせよ、意味不明の言葉が散見されたにしても、それは詩の情趣を味わうことを何ら妨げるものではなかった。とりわけ「サファイア」という名の馬が登場することに私は好奇心をかきたてられた。

赤味がかった葦毛の馬

血気さかんな駿馬に跨り
疾風のごとく駆け抜ける
その麗しき勇姿
〈ラグーナ〉という通り名の
勇壮な牧童よ
おお、その見事な手綱さばき
天下無双の騎手よ
若駒を意のままに操り
月まで駆る騎手よ

郷士が誇る牧童よ
馬と一体となったその身は
野生の悍馬をも
思いのままに操る
それはもはや
粗暴な荒馬ではなく
村の小娘の

使者かと見紛う
おお、キリストよ、いったいほかの誰が
赤味がかった葦毛をわがものにできようか

詩に詠われている flete《フレテ》 が駿馬を表す一方、bagual《バグアル》 が十分に飼いならされていない馬を意味することをここで指摘しておくのも無駄ではあるまい。caballo《カバリョ》（馬）の代わりに flete を用いることはもちろん詩の魅力を損なうものではない。それは何よりもまずガウチョの言葉であり、彼らの伝統とは無縁の corcel《コルセル》（駿馬）といった言葉とはおのずから異なるものである。

私はここで、『ファウスト』の最初の詩句を想起するにとどめ、作者に詩作を促したところの込み入った事情についてはまったく触れなかったが、それもけっして誤った選択ではなかったと思う。

私はさらに、高揚した気分に浸りながら、そしてまた、パルドの農場の奥まった囲い地の殺伐とした情景を思い浮かべながら、インディオの襲撃を詠ったアスカスビの詩を朗誦する父の声に耳を傾けた。

しかしインディオの襲撃には
前触れがある　まず爬虫類が
驚き慌てふためきながら

野の果てに向けて逃げ出し
次いで　インディオの群れに
追い立てられるようにして
野生の犬　狐　駝鳥　ピューマ
鹿　野兎　ファロー鹿などが
恐慌状態におちいりながら
村々を突っ切って行くのだ。
（中略）
野蛮なインディオに追い立てられ
動物の巣穴が抜け殻になると
大平原にまるで大雲のような
砂ぼこりがもくもくと立ちあがる
そのなかに狂乱状態のパンパを
そっくりおさめた砂の煙があがる
そして馬の上にうつぶせになって
全速力で進んだインディオ軍は
けたたましい鬨の声をあげながら

半月形の隊伍をなして突撃する[*9]

父はこの詩を読むと、パルドで過ごした幼少時代を思い出すようであった。モクマオウを揺さぶる風の唸りを耳にした父は、遠方から農場めがけてやってくるインディオたちの立てるかすかな地響きの音ではないかと考えて、恐怖に襲われたそうである。かつてインディオたちがリンコン・ビエホ農場で野営したことがあり、そこから五レグアも離れていないタパルケ郡のレティーロ農場が実際にインディオの襲撃に遭ったことなどを考えると、それも無理からぬことといえるだろう。

3

昼下がりに父はよく『マルティン・フィエロ』の一節を読み聞かせてくれた。それが毎日のように繰り返されたために、私はついに詩の全篇に親しむことになった。マルティン・フィエロの物語は私を魅了すると同時に深い悲しみをもたらしたが、あの黒人をめぐるエピソードはいつも私に不快な気分を味わわせた。作品に登場する黒人の男女に共感を寄せていた私の目には、マルティン・フィエロという男が正義感にも寛大さにも欠ける極悪非道の人物に映ったのである。もっとも、決闘による黒人の敗北とその死につづく以下の詩節を読み聞かされたときは、マルティン・フィエロに対する畏敬の念を禁じえなかった。

俺は短刀の血を草でぬぐい
荒馬をつなぐ綱をほどく
おもむろに馬にうちまたがり
低地をめざして速歩で立ち去る

フィエロを「あんた」呼ばわりする横柄なガウチョとの決闘の場面では、私はもちろん侮辱を受けたほうのフィエロの味方だった。その場面を詠った詩節はすばらしいものである。

われらはすかさず向き合う
愚鈍な敵手ではないにせよ
俺は一瞬たりとも油断することなく
俊敏に立ち回り
短刀を横ざまに一振り
たちまち肉を切り裂く

ここでシルビナお気に入りの、インディオたちのあいだに身を置くフィエロの様子を伝える詩節を引用しておこう。

ひとりのよそ者が捕われていた
船のことをしきりに話すその男は
疫病をもたらす元凶との汚名を着せられ
水溜りに頭を押しつけられ殺される
青く澄んだ瞳のその男は

空色の目をした小馬のよう

後年ボルヘスは、「短刀《ラ・レファロサ》」、「勇猛果敢なるドン・マルセリーノ・ソサ大佐へ捧ぐウルグアイ兵士の頌詞」といったアスカスビのすぐれた詩をいくつか教えてくれた。

わがマルセリーノ大佐
勇敢なる戦士の彼は
ウルグアイ人の鋼の胸と
ダイヤモンドの心の男――[*10]

ボルヘスは、勇壮な調子で次の詩をよく口ずさんだ。

荒れ狂う空
それもあるときは美しい
勇敢な男は戦いを求め
嬉々として弾丸に身をさらす

あるいは、

再び勝利を手に
コリエンテスの民は立ち上がる
おお、愛国心に燃える忠実なる民よ
彼らは何物にも屈しない

一方、私は、アスカスビが一八六七年にパリでエミリオ・カステラール[*11]に捧げた「祝杯の歌」を愉快に口ずさんだものである。

紳士諸君　乾杯しようではないか
カステラール氏の前途を祝して
もう二度と　びた一文たりとも
彼に貸し与えることのないように

4

おそらく、信心深い祖母の不興を買わないようにという配慮から、家族はまだ六歳か七歳の私を、初聖体の準備をさせるために近所の修道院へ通わせた。私の教育を引き受けることになったのは、器量のよくないひとりの陰気な修道女で、彼女はまだ幼い私にむかって、世界が卵の殻のような薄い表皮で被われていること、その下に身を潜めている悪魔が、いまにも表皮を突き破って私たちの足をつかみ、地獄へ引きずりこもうとしていることなどを語り聞かせた。真っ暗な地下牢のような地獄の様子を説明するために、彼女はどこからか大判の公教要理をひっぱり出してきて、おぞましい情景を描いた白黒の挿絵を指し示すのだった。

初聖体の儀式を終えた日、私は友人のドラゴ・ミトレと一緒にボール遊びをしていた。そのあいだじゅう私たちはずっとおしゃべりをしていた。ドラゴは、私もきっと賛同するにちがいないと思ったのか、天国や地獄の話などは所詮、修道女たちがでっちあげた作り話にすぎないと言い放った。それを聞いた私は内心ほっとした。この日の出来事は、私の人生においてきわめて重要な意味をもっている。

私の母の部屋にはヴェネツィア製の三面鏡が備えつけてあり、その緑色の木枠には赤いバラの装飾が施されていた。私は、あらゆるものを無限に反復する鏡に言い知れぬ魅力を感じた。曇りひとつないつやつやした鏡面、丸みを帯びた緑色の木枠、果てしなくどこまでも繰り返される像《イメージ》の無限の戯れに魂を奪われたのである。私にとってそれは、生まれて初めて目にする蠱惑的な幻想の世界であった。この世にはけっして存在しえないもの――視覚ほど説得力に富むものはない――を開示する世界。そのなかでは、母の部屋が際限なく増殖していく幻惑的な光景が繰り広げられている。私が生まれる前に他界した祖父ビセンテ・L・カサーレスの肖像が三面鏡に映し出されているのを目にしたとき、私は〈あちら側〉の世界を垣間見たような、陶然とした気分に誘われた。庭に置かれた白いテーブルの前に腰を下ろした祖父が、同時に三つの場所でほほ笑んでいる。中央と両側面のそれぞれに映し出された祖父(カメラを正面から見据えている)は、あたかも三体の分身のように、互いに何かを囁き交わしている。祖父の肖像がもたらす神秘の感覚は私を眩惑し、現実を超えた愉悦の世界が存在することをひそかに教えてくれるものだったが、それはまた何かしら不吉な世界にも通じていた。私がおじいちゃん(みんなは祖父のことをそう呼んでいた)のところへ行きたいと口走ると、周囲の大人たちはみな驚いたような、咎めるような視線を私に投げかけ、〈こちら側〉にいなければいけないと言い聞かせるのだった。私はそのとき、死んだ人の多くが縮小辞をつけた愛称で呼ばれることに気づいた。やはり「アドルフィート」と呼ばれていた私は(幸いにして仲のよい友達は別だったが)、この縮小辞というものがどうしても好きになれなかった。

伯父のひとりが自殺した日、私は父が泣いているのを目撃した。その数時間後、子守の女に手を引かれてフランス広場から戻る途中、私は葬儀馬車につながれた数頭の黒い馬が速歩で街路を駆け抜けていくのを目にし、その颯爽とした姿に魅了された。子守の女は慌てて私の手を引っぱると、葬列を見てはいけないと言った。それはまるで、目の前で次々と蛇に変わっていく何色もの美しい光の競演のようだった。おそらくそのとき、死への恐怖が私のなかで目覚めたのだと思う。それより以前の話になるが、アルゼンチン大統領ビクトリノ・デ・ラ・プラサと副大統領のペラヒオ・ルナの葬儀が盛大に執り行われたとき、アルゼンチン国旗に包まれ、四頭のオルロフ・トロッターに引かれた葬儀馬車を目にした私は、どことなく虚栄心をくすぐられるような、不思議な満足感を覚えたものである。あのような豪勢な馬車に乗って街を散策することができたらどんなにすばらしいだろうと思ったのだろう。

5

母は私とはまったく別の生活を送っていたにもかかわらず、息子である私と深い絆によって結ばれていることを確信し、それを口にすることもあった。当時の多くの有閑夫人の例に洩れず、母は社交生活に忙しく、息子の世話をもっぱら子守の女に任せていた。幸いにして私は、子守の女中よりも友達と一緒に遊ぶことのほうが多かった。私たち遊び仲間は、常連として足繁く通っていたKDTスポーツ・クラブへ行かないときは、私の家に集まり、テニスコートのある庭で午後の楽しいひとときを過ごした。当時私たち一家が住んでいたキンタナ通り一七四番地の屋敷を形容するのに、近所の人たちは「魅惑的な」という言葉を使った。屋敷はけっして豪邸というようなものではなく、私にはそれがいささか不満だった。見栄っぱりな私は、せめて石材を模した外壁があればよかったのにと思わずにいられなかった（模造という言葉を嫌悪していた父にとって、そんなものはおそらく論外だったのだろう）。私たちが住む家はフランス人が狩小屋《パヴィオン・ド・シャス》と呼ぶものだった。地下室のある三階建ての建物で、最上階が屋根裏部屋となっており、屋根はスレート葺きだった。家屋の周囲を庭が取り囲み、正面にはタイサンボクの木が植えてあり、巨大なジャカランダの木が庭の奥にそびえていた。かつて別荘地だったその一画には、広大な敷地を有する邸宅が立ち並んでいた。キンタナ通りに面したそれらの屋敷のなかでもとりわけ由緒ある建物は、メンディテギ家、バルカルセ家、サアベドラ・ラマス家、最高裁長官を務めたことのあるベルメホ老人、そして私たちの隣人であるナバロ・ビオラ家が所有するものだった。

　黒人のラウルは、通りの真ん中で踊りを披露したり、つま先でくるくる旋回したりしながら、近所の子供たちに小銭を投げてもらっていた。車に轢かれる心配がまったくなかったのかというと、けっしてそうではなく、自動車や馬車、荷車が往来を行き交っていた。十番、十五番、三十八番の路面電車も走っており、〈シンコ・エスキーナス〉の角を曲がって加速していく路面電車の車輪からは、レールをこする甲高い悲鳴のような金属音が聞こえ、ひとりで留守番をしている夜など、とりわけ悲しげに響いたものである。四頭の黒毛馬に引かれた黒塗りの霊柩馬車が家のすぐ前を通ることもあった。かつてキンタナ通りがレコレタ大通りと呼ばれていたのも理由のないことではないのである。[*12] また、毎日決められた時間になると、子牛を伴った雌牛が牛飼とともに現れ、新鮮な牛乳を買い求める客に搾りたての乳を提供した。アルベアール通りとキンタナ通りに挟まれたモンテビデオ通りの一画には搾乳所があり、モンテビデオ通りとロドリゲス・ペニャ通りに挟まれたキンタナ通りの一画には馬小屋もあった。小屋のなかには、立方体に束ねられたまぐさの塊がいくつも積み重ねられ、それは天井まで達していた。周囲に漂う草の匂いや、敷石をかつかつと踏みならす馬のリズミカルな蹄の音を私はいまも懐かしく思い出す。キンタナ通りをもう少し先へ進んだところ、ロドリゲス・ペニャ通りとカリャオ通りに挟まれたところには、〈インカ〉と呼ばれる馬小屋があった。ウルグアイ通りの少し手前、モンテビデオ通りの右手には、御者や自動車の運転手たちが集まる小さな食堂があり、私はそこへ、家の門番のホアキンと一緒に食事に出かけたものだ。私たちはいつも、ナバロ・ビオラ家の門番をしているドン・ペドロのテーブルに座ることにしていた。そこでは、次のようなお決まりのやりとりを耳にすることができた。

ドン・ペドロ（厳かな調子で）――フリカンドーの卵添えを一つ。

給仕人――水とソーダ水、どちらにいたしましょう?

ドン・ペドロ（厳かな調子で）――ソーダ水だ。

フランス人のドン・ペドロは、大きな坊主頭をした太り肉《じし》の背の低い男で、赤ら顔としゃがれた声が特徴的だった。

一九二四年のある朝、私はビセンテ・ロペス通りとモンテビデオ通りの交差点で、朝刊が来るのを今か今かと待ちわびていた。ようやく新聞を手にした私は、ニューヨークのポロ・グラウンズで行われたボクシングの世界戦で、ルイス・アンヘル・フィルポがジャック・デンプシーに敗北を喫したという驚くべきニュースに接し、大きな落胆に襲われた。コルタサルもまたこの敗北に衝撃を受けたことを『八十世界一日一周』のなかで告白している。

私の家と似たような作りのボルヘスの家もまた、キンタナ通りに面したところ、モンテビデオ通りを渡った少し先にあった。当時、私はまだボルヘスとは面識がなかった。

両親が所有していた自動車は、少なくとも最初に買った一台は、私の虚栄心を満足させるものではなかった。それは二気筒のルノーで、運転手を務めていたブエノスアイレス生まれの男が父に打ち明けたところによると、仲間の運転手のなかには次のような歌を口ずさんで彼をからかう者がいたそうである。

ろくでもない家族にきまってるさ
あのぽんこつ車を見てみろよ

その「ぽんこつ車」は、上り坂になったアルベアール通りのカーブにさしかかると、エンジン音を轟かせながらぜいぜい喘ぐのだった。近所の運転手たちとの世間話を通じて自然に自動車に親しむようになっていた私は、往来を走るイスパノ・スイサやキャデラック、パッカード、リンカーン、ピアース・アロウ、イソッタ・フラスキーニ、ミネルバ、ドラージュなどの車を憧れの目で眺めるようになった。

6

一九一七年のことだったと思うが、私たち一家は初めてカチェウタに逗留した。おそらく私の母が、腰痛に効くかもしれないからと言って父に湯治を勧めたのだろう。そこには合計三度滞在した。最後に訪れたのは二一年だったと思う。

カチェウタは私に多くの発見をもたらした。ホテル（それまで私はホテルというものを知らなかった）、屋内プール、周囲の山並み、それらのいずれもが私には目新しいものだった。ホテルの建物からは平坦な桟橋が延びていて、激流のメンドーサ川に突き出していた。川の対岸には、切り立った険しい褐色の山塊が、山肌をむき出しにして立ちはだかっていた。カチェウタから望むアンデス山脈である。私にとってそれは山のプラトン的なイデアにほかならなかった。これに比べれば、ブラジルやコルドバで目にした山々は、山肌が木々に覆われているという理由から、私には数段劣るものに思われた。

ホテルの敷地は広々としていた。私はいまでも、屋内プールの大理石やモザイク文様の装飾、湿気、室内照明などを鮮明に覚えている。ホテルのバーにはたいていリンネル地の白い服に身を包んだ紳士たちが集まり、銅製の鉢に植えられた棕櫚の木の陰で、籐椅子に深々と腰を下ろしていた。レストランの壁面は、保養地を散策する上品な紳士淑女たちを描いたフレスコ画となっていて、私の想像力を大いにかきたてた。やはり私の想像力を快く刺激したのが、ホテルの廊下に陳列された動物の剥製である。それは翼を拡げた巨大なコンドルと一頭のピューマであった。ホテルの従業員の話によると、周辺一帯にはこうした立派な動物がたくさん棲息しているということであった。危険な目に遭うことなくそれらの動物を間近で見られることが私には無性にうれしかった。近くの山々をめぐるハイキングの際、私たち一行はいくつかの洞窟を訪れたが、そのときにガイドの男性がピューマの足跡を指し示したことがいまでも忘れられない。それからというもの、私は原始時代の名残をとどめる野生生物と現代の軽薄な旅行者が同居する物語を書きたいと思うようになった。その夢は後年、「女たちのヒーロー」で実現されることになる。

ホテルのすぐそばを流れる急流の恐ろしさは、のちに見事に立証された。もうずいぶん前の話になるが、メンドーサ川の増水でホテルは壊滅的な被害を受けたのである。

カチェウタで撮影された数葉の写真には、外出着を着た男たちの姿が写っている。そのなかでただひとり真っ白なリンネル地の服を身につけているのは、マルコ・アウレリオ・アベリャネダである。私はこの人物について、山羊のような鼻にかかった震え声と、政治にまつわる愉快なエピソードをしばしば語ってくれたことなどをおぼろげに記憶している。私の父と父の友人のフランス人サンチェス・エリアは、いかにもスポーツ愛好家らしいジャケットと白いズボンを身につけている。写真のなかの女性たちはみな帽子をかぶっている。ホテルのレストランで夜間に撮影された別の写真には、スモーキングを身につけた男性と一緒に、胸元の開いた服を着てカメラに向かってほほ笑んでいる女性たちが写っている。

私の温泉好きは、おそらくこのカチェウタ滞在に始まるものであろう。もともと水が好きだった私にとって、温泉ほどすばらしいものはほかに思いつかない。水について考えるとき、私の頭に真っ先に思い浮かぶのは、日盛りのなかカニュエラスの広大なサン・マルティン農場を馬で走り回った私が、心地よい疲れに顔を火照らせながら農場の薄暗い食堂にたどり着いたときの記憶である。よく冷えた水差しを冷蔵庫から取り出し、緑や青のグラスに冷たい水を注ぎ入れ、それを一気に飲み干す。そんな私にとって、湯治場での保養は何物にも代えがたく、温泉で心ゆくまで羽根を伸ばすことは無上の喜びであった。もちろんそれは倦怠とは別物である。そんなものは私のついぞ与り知らないものだ。温泉の医学的効能について懐疑的になることがこれまで幾度かあったにしても、私は相も変わらず温泉愛好家である。それはいわば慌しい人生のなかの一服の清涼剤であり、思索や内省にはまさにうってつけの小休止なのだ。生涯を通じて腰痛に悩まされつづけた私の父は、温泉の効能については終始懐疑的で、湯治にはまったく興味を示さなかった。一方、七一年から七二年にかけて執拗な腰痛に苦しめられた私は、フランスのサボア地方のエクス＝レ＝バンに滞在し、そこで温泉の効能を実地に確かめる機会に恵まれた。度重なる腰痛のためにそれまで診療所や保養所で長い時間を過ごすことを余儀なくされてきた私は、エクス＝レ＝バンでの贅沢な休暇を利用して再び健康を取り戻そうと思い、フランスの社会保障制度によって治療費のすべてが賄われる年配の男女が多数押し寄せるこの町へやってきたのである。いま振り返ると、贅沢な歓楽の気分に浸された保養地のあの独特の雰囲気は、いわば第二次世界大戦前の時代に属する過去の遺物であり、もはや私のような年配者の記憶のなかにかろうじてその残映をとどめているにすぎない。エクス＝レ＝バンに滞在していたころの私は幸福だった。かの地で過ごした快適な生活は、大いなる活力を私に与えてくれた。保養のおかげで私は、フランスでもっとも美しい地方のひとつであるサボアを知ることになったのである。

7

家の門番のホアキンは、スペイン人の血を引くブエノスアイレス生まれの若者だった。髪の毛をポマードで後方にべったり撫でつけ、しゃれたシャツをたくさん持っていた彼は、根っからの女好きだった。ある朝、玩具店のショー・ウィンドーをのぞいていた私にむかって、ホアキンが言った。

「もう子供じゃあるまいし、玩具なんてつまらないだろう。女のほうがいいに決まっているさ」。

私に女を拝ませようと、ホアキンは午後六時半から始まるレビューへ私を連れていった。直前まで眺めていた玩具店のショー・ウィンドーの映像が脳裏に鮮明に焼きついていたためか、私は生まれて初めて目にした華やかなラインダンスの舞台を、めくるめくショー・ウィンドーのなかの出来事であるかのように記憶している。以来、ホアキンと私は毎夜のように劇場へ足を運んだ。それを知った母はあまりいい顔はしなかったが、とくに反対を唱えることもなかった。もっとも、親の目を盗むわれわれの秘密主義を咎めることは忘れなかった。

私は何といってもまだほんの子供だった。一階席の前列から見上げると、白い肌を露出した豊満な体つきの踊り子たちは、私にはこの上なく魅惑的な女性に思われた。ホアキンがいろいろと励ますようなことを言ってくれたにもかかわらず、彼女たちが私の手の届かない存在であることは明らかだった。やがて〈ブエノスアイレス美人三〇姉妹〉の一人に選ばれたアイデエ・ボサンに首ったけになった私は、冷静な判断力を失い、大胆な行動に出てしまった。夜の部のショーを終えた彼女が劇場から出てくるところを待ち伏せしたのである。アイデエ・ボサンは、私が大人の格好をした幼い子供であることを見破ってしまったらしく、何度電話をしても同じ答えしか返ってこなかった。「アイデエお嬢さまはただいま外出中です」。ところがある日のこと、幸運にも彼女自身が電話口に出たことがあった。彼女は受話器の向こうで言った。

「はっきりしゃべりなさいよ、坊や、はっきりと」。

度を失った私はろくに話もできず、身の程知らずを思い知らされた。

それから五十数年が経ったある日、たまたまサンタ・フェ通りのショッピング・センターへ足を踏み入れた私は、ガラス扉に次のような文字が並んでいる店を発見して少なからず驚いた。そこには〈アイデエ・ボサン香水店〉と書かれていたのである。店内では二人の婦人が話をしていた。私はそのうちの一人、老婦人という形容がいまだ似つかわしくない感じのよさそうな黒髪の女性に近づいた。彼女は、思い出のなかの魅惑的なレビュー・ガールよりもずっと小柄だった。

「失礼ですが、アイデエ・ボサンさんでは?」

「ええ、そうですが」。彼女は答えた。

「もうかなり昔のことになりますが、私はあなたに夢中でした。そのことだけをお伝えしたくてお邪魔したようなわけです。あなたが〈ブエノスアイレス美人三〇姉妹〉に選ばれたころ、私はポルテーニョ劇場で初めてあなたのお姿を拝見したのです」。

「いろいろと積もるお話もあるでしょうから」。もう一人の婦人が口を挟んだ。「私はこれで失礼しますわ」。

私はアイデエに、われわれの束の間の出会いについて、われわれが交わした会話について話したが、彼女が私を冷たくあしらったことには触れなかった。ところがここで、まったく予期せぬひとつの困難に直面した。私の記憶のなかの彼女は、もはや一人前の女性であり、それに対してこの私は、まだほんの子供であった。もしそのことを口にしようものなら、いま彼女に話しかけているこの年老いた男よりも彼女のほうがずっと年上であることを明言するようなものである。彼女はきっと不快に思うだろうし、何よりも公正さを欠くことになるだろう。というのも、外見から判断するかぎり、彼女のほうが私よりもずっと若々しく見えるからである。誰も彼女のことを、六十歳を超えた老婦人とは思わないはずだ。私は心のなかで指折り計算してみた。どう考えても彼女は、私が六歳のころにはすでにポルテーニョ劇場のショーに出演していたことになる。私はこの問題について彼女に直接確かめても仕方がないと自分に言い聞かせた。

彼女は当時のことをよく覚えていると言った。

「思い出したわ」。彼女はうれしそうに言った。「あなたのことも、それからあなたのお友達のことも」。彼女はどうやら思い違いをしているらしかった。私はかつて一度も、仲間と一緒に彼女に近づいたことはなかったからである。私はこれまでずっと、恋愛に関してはつねにひとりで行動してきた。唯一の例外は、ドラゴやメンディテギ兄弟と一緒に〈ミリアム〉へ映画を見に出かけたあと、サルミエント通りのアパートで〈ラ・ネグラ〉と呼ばれる女の腕に代わる代わる抱かれたときである。

アイデエは私に、これまで自分はとても幸せだったし、いまも相変わらず幸せであること、ただ最近は、自分の健康状態に不安を感じることがあることなどを語った。また、現在ブエノスアイレスに住んでいるが、週末は姉のエレナと一緒に郊外の別荘でバラ園の手入れをしていると言った。生涯を通じて一途な愛を貫いたが、いま与えられている愛よりも多くのものを求めるのがいやで結婚には踏み切らなかったそうである。相手の男性がこの世を去ってしまったいまとなっては、少しばかりそれを後悔しているとのことだったが、実際のところ彼女としては、その男性の姓を名乗りたい気持ちがあったのかもしれない。

8

アイデエ・ボサンへの叶わぬ恋が終わりを告げると、私は再び近所の女友達のもとへ戻った。彼女たちは私に好意を寄せてくれていたが、それぞれにボーイフレンドがいた。マリア・ルイサ、マリ、エルシリア・ビリョルドの三人は、私のためにガールフレンドを見つけてくれることになり、ある日、マルティータという女の子を紹介してくれた。マルティータは当時、フニン通りとキンタナ通りの角のすぐ近く、いまはレストラン〈ラ・ビエラ〉が建っているあたりに住んでいた。彼女は真っ白な肌と金色の髪、空色の瞳をした華奢な美しい少女で、頬がほんのり赤く染まっていた。どことなく愚鈍そうな印象を与える娘だったが、彼女もまた私についてはあまりいい印象をもっていなかったにちがいない。私たちは二人とも臆病で、自分たちの関係を人目にさらすことに抵抗を感じていた。原註1

そんなこともあって、私はある日、相変わらず足繁く通っていた〈ポルテーニョ〉に出演している別のレビュー・ガールへ思い切って愛を告白した。私の記憶が正しければ、彼女の名前はペルロッティだった。愛嬌があり、自信に満ちあふれ、おしゃべりが好きな彼女は、「ぱっと豪勢にはじけましょうよ」などと言っていたが、私はそんな言葉を耳にしたことは一度もなかった。彼女が私に何を求めているのかよくわからなかったにもかかわらず、とにかく私は彼女を失望させまいと必死で、アイデエのときとまったく同じように、といっても今度は恋心に目がくらむことはなかったが、自分が間抜けな男に思えて仕方がなかった。

ある日、私は彼女に会うために、夜の部のショーがはねる時刻を見計らって劇場へ出かけた。玄関ホールに足を踏み入れた私は、自分がそれまで噂話に聞くだけだった幸運なプレイボーイ、女優とデートの待ち合わせをしている羨むべき色男にでもなったつもりですっかり得意になっていた。するとそこへマルティータが現れた。どうやら彼女もペルロッティと待ち合わせをしているらしかった。気になることはあえて何も尋ねないという術を身につけていた私は——実際のところ、ほんの少し辛抱していれば、おのずと答えは得られるものである——そのまま何も言わず、われながら利口に振る舞っていることを意識しながら、わざわざその日のためにこっそり借りてきた母のコンバーチブル型〈ラ・サール〉のところへ二人を案内した。ところが驚いたことに、彼女たちは後部座席に並んで腰を下ろした。コリエンテス通りを抜けるころには、彼女たちが二人きりになりたがっていることが明らかに見てとれ、私はアメリカ合衆国通りの家の前で彼女たちを降ろした。この日を最後に、踊り子たちとの関係は完全に終わりを告げたのであるが、彼女たちが自分の手に余る存在であることを思い知った私は、再び近所の女友達のもとへ戻っていった。

私が最初に恋心を抱いた女性のなかには(当時私は十一歳くらいであった)、家庭教師のマドレーヌ嬢がいた。フランス人の彼女は見事な金髪の女性だった。同級生のエンリケ・イバルグレンは、学期の終わりに私の家へ遊びに来たとき、「すごい美人じゃないか」と囁いた。私はさっそく、喜劇映画の登場人物よろしく、あるいはトリノの貴婦人を陥落させるのはそう難しくはないことを悟ったボズウェル[*13]のように、マドレーヌを口説き落とすことに専念し、その試みは見事に成功した。私はこのとき、依然として完全には理解するに至っていなかったひとつの真実を学んだ。すなわち、男も女も詰まるところ同じことを欲しているという事実である。

そのころの私は、母が家を留守にした夜など、もう二度と母に会えないのではないかという不安に襲われた。そんな私を慰めようと、ある日、門番のホアキンは胸元の開いた婦人服を身につけ、黒い鍔広の帽子をかぶった女装姿で私の部屋に現れた。私はすぐに、ポルテーニョ劇場の最前列でもう何日ものあいだ私の隣に腰を下ろしていたホアキンの姿を認めたが、それでも驚きを隠すことはできなかった。こんな時間にこんな格好をしている哀れなホアキンは、きっと近所の人たちに不審の目で見られたにちがいない。それから何年も経って、死んだ母親に扮した犯罪者が登場するヒッチコック監督の『サイコ』を見たとき、私は思わずホアキンのことを思い出した。

原註1　ここにいう「人目」とは、私たち二人を引き合わせた女友達の視線のことである。

9

私は十歳か十二歳のころまで毎年のように田舎で夏を過ごした。それ以降は、家族でマル・デル・プラタへ出かけるようになった。いかなる催し物といえどもけっして見逃さなかった私の母は、映画が子供に害を及ぼすという持論をいつも口にしていた。私の虚栄心にうまく働きかける術を心得ていた彼女は、映画館の暗闇のなかに長いあいだ閉じ込められていると血色の悪い虚弱体質の肥満児になってしまうと言って私を脅かしたが、それこそ弱肉強食の掟が厳然と支配する男の子たちの世界、それゆえ強者だけが安閑としていられる男の子たちの世界では最大の命取りとなるものだった。映画館になるべく近寄らないようにしていた私は、夕方六時から八時にかけて母が家を留守にすると、たまらなく寂しくなるのだった。そんなときはよくランブラ通りにある二つの映画館、〈パレス〉と〈スプレンディッド〉まで出かけていき、館内から出てくる母の姿を探し求めたものである。私の言うランブラ通りとは、木造の古いほうのランブラではなく、アール・ヌーボー式のいわゆる旧ランブラのほうである。映画館は非常に美しい外観の、いくぶん老朽化が進んだ建物だった。私は母がどちらの映画館へ行ったのかおおよその見当をつけていたが、群衆のなかに母の姿が見当たらないと、ひょっとするともうひとつの映画館へ行ったのではないか、あるいはもう二度と彼女に会えないのではないかという不安に襲われた。私は母を失うことをもっとも恐れていた。当時の私は多少常軌を逸していたのかもしれない。その後さまざまな女性と関係をもつようになると、そうした不安や恐怖からようやく逃れることができた。

映画への興味が嵩じるにつれ、私は次第に映画館の常連となった。もし仮に世界の終わりがやってくるとしたら、私は映画館で最期を迎えることを選ぶだろう。

私がこれまでに愛してきた物事や場所の多くは、映画であれパリであれ、あるいはロンドンやマル・デル・プラタであれ、最初は私に拒絶反応を引き起こした。マル・デル・プラタに関する私の最初の思い出は、家具のない殺風景な部屋にひとり取り残された私が、体の不調を覚えながら寂しく風の音に耳を澄ませているというものである。

私はほぼ同時に、あるいは一人ずつ順番に、映画女優のルイーズ・ブルックス、マリー・プレヴォー、ドロシー・マッケイ、マリオン・デイヴィス、イヴリン・ブレント、そしてアンナ・メイ・ウォンに夢中になった。

これらの叶わぬ恋のうち、ルイーズ・ブルックスへの愛はもっとも激しく、もっとも切ないものであった。彼女に会うことなどとうてい不可能であることを考えると、私はなんとも悲しくなった。さらに不幸なことに、もう二度と彼女の姿をスクリーンで拝むことができないと思うと、じつにやりきれなかった。ルイーズ・ブルックスは、私が陶然とした気分で見入った三本か四本の映画を最後に、ブエノスアイレスの劇場のスクリーンから忽然と姿を消してしまったのである。そのときに私が感じた引き裂かれるような思いは、次第に個人的な挫折の感情へと膨らんでいった。ルイーズ・ブルックスがもし大衆の支持を得ていたならば、そんなことにはならなかったであろう、私はそう考えないわけにはいかなかった。実際のところ（あるいは私の印象では）、彼女は一般大衆のみならず、私が個人的に親しくしている人々の注意をも惹かなかったようである。ルイーズ・ブルックスが美しい――というよりもかわいらしい――ことを認める人たちでさえ、彼女が大根役者であることを否定するわけにはいかなかった。反対に、彼女が才能ある女優であることを認める人々は、十分な美貌が伴っていないことを嘆くのであった。フィルポが歴史的な敗北を喫したときと同じように、私は現実と折り合うことができない自分に気づかされた。

それから何年も経って、私はパリで一本の映画を見た（たしかアラン・ジェシュア監督の作品だったと思う）。映画の主人公は、ちょうど私（初期作品のひとつである『虚栄心』の執筆に着手しようとしていたころの私）と同じように、すべてを冗談の種にしてしまう衝動を抑えることができず、愛する女性の反感を買ってしまう。この主人公にはもうひとつ私との共通点があった。彼はルイーズ・ブルックスの熱狂的なファンなのである。それ以来私は、アルゼンチンであれ国外であれ、彼女の人気がいかに根強いものであるかを示す数多くの事例に接することになり、彼女が本当にすばらしい女優であることをますます確信するようになった。私はさらに〈ニューヨーカー〉や〈カイエ・デュ・シネマ〉に掲載された、彼女の業績を顕彰する卓見に満ちた批評や、ルイーズ・ブルックス自身による興味深い回想録『ハリウッドのルル』などにも目を通した。

七三年か七五年のことだったと思うが、ある日、親友のエドガルド・コサリンスキーに呼び出された私は、パリのアルマ広場にあるカフェへ向かった。私はそこで、コサリンスキーが構想を練っている映画のなかでルイーズ・ブルックスの役を演じるという若い女性に引き合わされた。彼女がその役にふさわしいかどうか、いわば専門家としての見地から忌憚のない意見を聞かせてほしいというわけである。彼女に救いの手を差し伸べるつもりはなかったが、私は彼女の起用に賛成した。もし私がルイーズ・ブルックスに心酔していた時期に同じ質問をぶつけられていたとしたら、おそらく答えは違ったものになっていただろう。そのころの私にとって、ルイーズ・ブルックスの代わりを務めることができる女性などおよそ考えられなかった。

魅力的な愛らしい姿で観客を魅了したマリオン・デイヴィスについて言うと、ハースト[*14]の愛人であった彼女が、彼の強力な後押しによって映画界で重用され、それゆえ多くの批評家から酷評を浴びていたことを私はあとになって知った。それもあるいは致し方のないことだったのかもしれない。もちろん彼女の映画をいまの私が見たらどう思うのか、それはわからない。ただ、たとえ鼻持ちならない有力者の愛人であったにしても、彼女が真に女優としての才能に恵まれていたとするなら、それを進んで認めるだけの柔軟な精神を当時の批評家が持ち合わせていたかどうか、それは疑わしいと思う。いずれにせよ、私にとってマリオン・デイヴィスの一件は、自分が世間一般の見解とけっして折り合うことができないことを示す新たな事例となった。

イヴリン・ブレントは、私の見るところ、大きな目をした黒髪の女優だった（私は彼女の姿をモノクロの映像でしか見たことがなかったのだ）。彼女はニューヨークやシカゴのならず者社会を描いた『非常線』

や『暗黒街』といった映画でジョージ・バンクロフトと共演した。私がボルヘスのよき友人となりえたのは、二人ともバンクロフトの映画を好み、イヴリン・ブレントをこよなく愛していたことによる。

アンナ・メイ・ウォンは、中国系の女優として知られていたが、私はべつに異国趣味から彼女に惹かれたわけではない。

10

私たち一家は、春の終わりから秋の始めにかけての長い期間を田舎で過ごすことにしていた。法定休暇に定められている一月には、父が所有するラス・フローレス郡のリンコン・ビエホ農場に滞在した。それ以外の月は、カニュエラス郡のビセンテ・カサーレス村にある、母方の祖母が所有するサン・マルティン農場で過ごした。そこからブエノスアイレスまで頻繁に電車が通っていたので、父は毎朝それに乗って仕事に出かけ、夕方になるとやはり電車に乗って帰宅した。私たちはよく駅まで父を迎えにいった。父が乗る電車には委託販売業者のベガ氏が同乗していて、私たちの姿を認めると窓から手を差し出して注文の品々を手渡し、そのまま電車で旅をつづけた。

私はどちらの農場でも幸せな日々を送ったが、パルド村のリンコン・ビエホ農場での生活のほうがより楽しかった。会社組織として運営されていたサン・マルティン農場には、さまざまな禁止事項や行動上の制約があり、そこにいた従兄弟と激しくやりあうこともあった。一方、比較的自由な雰囲気が保たれていたリンコン・ビエホ農場では、私はいつも独りぼっちで、同じ年頃の遊び友達は誰もいなかった。私はそこで乗馬を覚え、昼過ぎになると、コリアという名のガウチョと一緒に、犬のフォッシュ、トゥンカ、シレニータを引き連れて野兎狩りに出かけた。ビセンテ・カサーレス村には従兄弟たちが住んでいて、いつでもちょっとした事件がもちあがった。従姉妹のマリア・イネスにひそかに思いを寄せていた私は、彼女と一緒に木立のあいだを走り回って遊んだ。私はまた、毎年夏がやってくるたびに、マルセリータという名の少女への恋心を新たにした。彼女は月桂樹の木陰でこっそりと女体の神秘を開示してくれたのみならず、秘所に接吻するよう私を誘った。マルセリータは、皆からカピタンと呼ばれていた酪農家の息子や娘たちと一緒に「あらゆることをする」のだと打ち明け、もし私が本当に彼女のことが好きならば、あの娘たちには絶対に近づかないようにと命じた。彼女はその後、美人コンテストで優勝し、ミス・カニュエラスの栄冠を勝ち取ると、意気揚揚とブエノスアイレスへ出ていき、私の従兄弟のビセンテや、伯父のフスティニアノの腹心として働いていたギリェルモと関係をもつようになった。マルセリータにはサラという名の慎み深い妹がいた。彼女はラ・マルトナ社の従業員と結婚したが、夫からの暴力に耐えかねて離婚し、やがて船の雑用係として働くようになった。サラは最後まで貧乏暮らしとは縁が切れなかった。一方、姉のマルセラはその後、技師と結婚した。ミンクのコートを羽織った彼女と街中でばったり顔を合わせることがしばしばあったが、彼女は決まって、夫の留守のあいだに電話をちょうだいと私に言い残すのである。彼女は何不自由なく暮らしているようであった。一度だけ彼女とベッドをともにしたことがあるが、彼女は私にむかって「下手くそねえ」と言い放った。どうやら私はかなり緊張していたようである。

私はまた従姉妹のエルシリータにも恋をした。緑色の瞳をした彼女は背が高く、ハレムの女を思わせる優美さと豊満さを兼ね備えていた。ある日の昼下がり、ちょうどシエスタの時間だったが、ひんやりとしたタイルの床に足裏を密着させて暑さを凌いでいた彼女は、「ねえ、ちょっとそのへんをドライブしない？」と言って私を誘った。私は両親の車に彼女を乗せ、大きな楓の枝が複雑に絡み合う下をドライブした。エルシリータは私に情熱的な口づけを求めてきた。私は煮え切らない態度のまま再び車を発進させたが、ちょうどそのとき伯父のフスティニアノがこちらへ向かって歩いてくるのが見えた。伯父はまるですべてお見通しといわんばかりの厳格な口調で、「ばかなまねはやめることだな。農場まで乗せていってくれ」と言って車に乗り込んできた。エルシリータとはその後もよき友人として付き合ったが、もう私のことをまともに相手にしようとはしなくなった。私はしばらくのあいだ、ひょっとするとあれは夢だったのではないかと思ったものである。

田舎の事情に詳しく、土地の人々の消息にも通じていた私の父は、おそらく農場経営者としての資質に恵まれていなかったのであろう。多くの家畜を擁していたリンコン・ビエホ農場は、収入よりもつねに支出のほうが上回っていた。このままではきっと破産してしまうにちがいないと思った私の母は、農場を人に貸すことを父に勧めた。こうして、リンコン・ビエホ農場が借地として人の手に渡っていた十五年ものあいだ、私はそこを失われた楽園として懐かしく思い出したものである。

農場の借り主は、かつて祖父のもとで農園監督官として働いていたベアルン出身のいかめしい男だった。この抜け目のない人物の赤ら顔に穿たれた緑色の小石のような小さな目は、恐れを知らぬ冷静沈着の色をたたえ、不服従や不信、皮肉が入りまじった笑みを浮かべながら相手の顔をじっと見据えた。敬意を表すべき人物を前にしたときは（例えば私の母がそうであったが）、黙ったままでいるのは失礼だと思うのか、おもむろに一歩下がり、ついで一歩前へ進み出ると、両腕を開いたり閉じたりしながら、ほとんど聞きとれないほどの声で「ですから、ええと、ですから」とぶつぶつ呟くのだった。彼が死んだとき、その手許には二、三の商店のほかに、借地を含めると何千ヘクタールもの地所が残されていた。

その当時、寒村だったあの界隈に住む人々の境遇が不安定なものであることを示す事例には事欠かなかった。ブエノスアイレスからやってきたある上流階級の男たちは、数年足らずのうちにガウチョに転身し、土地を手放した挙句、きわめて惨めな境遇に身を落とした。それとは反対に、少なからぬ財を築き上げることに成功した者もいる。安物の古道具や宝くじを売り歩いていたあるスペイン人は、その死に際して二万ヘクタールもの土地と、同じく二万ヘクタールもの借地を所有していた。彼は死を迎えるまで村のみすぼらしい宿屋に住み込み、踏み固められた地面がむきだしになった粗末な部屋で質素な生活を送っていた。衣装ダンスらしきものといえば、簡易ベッドの下に押し込まれた旅行鞄が一つあるきりだった。ラス・フローレス郡に住んでいた別の男は、貧困からたたきあげて身代を築き、生涯を通じて手に入れた五十以上もの農場にそれぞれ番号を割り振り、名前代わりに使っていたほどである。

11

幼少のころ、私は人間と同じようにものを考え、感じ、動くことのできる木の人形ピノキオの物語に熱中した。原作者コッローディの物語だけでなく、カリェハ社が刊行していた連作シリーズにもすべて目を通した。連作シリーズの作者はサルバドール・ベルトロッシという名のマドリード出身の無名作家で、原作の続篇を手がけた彼は、少なくとも私のような子供にとってはこの上なく魅力的な冒険譚を次々と世に送った。私はいまでも、月に旅立つ前のピノキオが食料をどっさり蓄える場面などを鮮明に覚えている。冒険の真の魅力は、何といってもそこに至るまでの日常的な些事の描写にあるのだ。

私が生まれて初めて人から買い与えられた本は、スティーヴンソンの『宝島』とハガードの『ソロモン王の宝窟』だったと思う。私の誕生日に従兄弟のフアン・バウティスタ（エル・カビート）・ビオイがプレゼントしてくれたのである。

従姉妹のマリア・イネス・カサーレスは、きわめて大胆な作風によって知られていたフランスの女流作家ジープの作品を愛読していた。ジープという名前は私に、きらきらと輝くルビーを連想させた。このような魅惑的な名前をもつ作家の作品ならきっとおもしろいにちがいないと判断した私は、フロリダ通りを入ってすぐのところにあるエスピアッセ書店を訪れた。ところが驚いたことに、主人のエスピアッセは、こちらの希望する本を売ろうとはしなかった。私は、普段から父と親しい口をきく彼に親近感を抱いていたが（二人はサン・ホセ中等学校の同級生だった）、息子の私が本を買いにいくと、頭を横に振りながら「それは子供の読む本じゃないよ」と言ってどうしても売ってくれないのである。彼はご親切にも保護者のような気遣いを見せてくれたわけだが、それは私にはとても信じられないことだった。というのも、父も母も私のことをつねに一人前の大人として、少なくともそう私に思い込ませるような態度で扱ってくれていたからであり、本に関しては唯一、自分が本当に好きな作品だけを読むようにとつねづね口にしていたからである。店の主人は代わりに、『プチ・ボブ』を買うことを許してくれた。その本は、最後まで読もうという気にはならなかったものの、たちまち私のお気に入りの小説となった。

以上のエピソードは、読書というのは必ずしも自分の思い通りにいくとはかぎらないという私の年来の考えを裏づけるものである。私はときどき、作家というものは、愛書家と呼ばれる人々がコレクションのために本を買い求めるおかげで生計を立てているのが実情ではないかと思うことがある。私の場合、行動と信念を一致させる堅固な意思を持ち合わせていないがゆえに、もっぱら人に読んでもらうために本を書いてきた。かのジョンソン博士*15は、本を買っても読まない人を弁護するかのような、次の言葉を残している。「この世に存在する書物の大部分は唾棄すべきものであり、意欲的な読者の気力を殺ぐものばかりである」。とはいうものの、もしも本を読むことがないならば、それはこの世で最大の悦びのひとつを永久に手放すことを意味するという事実を忘れるべきではないだろう。

ジープの小説をほんの数ページ読んだだけで、私は剽窃の誘惑に駆られた。もっとも、ストーリーをそのままなぞるというのではなく、作品のもつ味わい、あるいは「精神」を真似てみたいと思ったのである。原作のように少年を主人公とするのではなく、魅惑的な少女たちが登場する物語を書いてみたいと思った私は、判型、色（ダークレッド）、活字の組み方にいたるまで、本の意匠をそっくり模倣することさえ夢想した。ところが、どうあがいてみても、私の書く『イリスとマルガリータ』は、ジープの作品に似るどころか、学校のノートに書きつけた拙い作文のようなものになってしまうのである。すっかり意気消沈した私は、第二章か第三章の途中でとうとう筆を投げ出してしまった。すでにどこかで語ったことがあるが、私がこの作品の執筆を思い立ったのは、じつはひそかに恋心を寄せていた従姉妹の歓心を買うためであった。

結局、彼女への恋は報われなかった。あるとき私は、マリア・イネスが私に同情してくれていること、そして、もうひとりの従姉妹であるエルシリータ（のちに私は彼女にも恋をする）と一緒に私のことをからかっていることを知った。私は、恋心ゆえの苦しみや内面の揺れ動きをマリア・イネスにもわかってもらおうと、一冊の本を書くことを決心した。すでに述べたように、『虚栄心』と題されるはずのその小説は、すべてを冗談の種にしてしまうという衝動を抑えることのできないひとりの少年が、愛する女性から次第に疎んじられていくという筋書きの、涙を誘う感傷的な物語であった。

心の苦しみや悲しみを文学という形式を借りて表現するという私の習性は、いま振り返ると、少し奇妙な感じがする。というのも、私は元来スポーツ好きの少年であり、サッカーやラグビー、テニスや陸上競技、あるいはボクシングの真似事をして遊ぶ子供だったからである。ボクシングの世界チャンピオンになることを夢見ることさえあった。

当時の私は、何としても虚栄心の病を克服しなければならないと考えていた。それが人間の幸福と相容れないものであることに気づいていたからである。最近になってラクロの名作『危険な関係』を読み返してみたところ、この作家もまた同じような結論に達していたことを知って、私は我が意を得たりの心持ちだった。作者はメルトイユ侯爵夫人に次のように言わせているのである。「自尊心は恐ろしいものですね。自尊心は幸福の敵といにしえの賢者は言いましたがまさにそのとおりです[*16]」。

ある日、私はスポーツクラブに一緒に通っていた友人のエンリケ・ドラゴ・ミトレ、フリオ、カルロス・メンディテギとともに雑誌〈タシギ《エル・パティトゥ》〉をつくった。一号か二号しかつづかなかったこの雑誌はすべてタイプライターで印字され、発行部数が四部を下らないという代物だった。雑誌の編集メンバーのなかではドラゴがもっともユーモアの精神に溢れていた。

一九二八年に私は「虚栄、もしくは恐怖の冒険」と題された短篇を書いた。推理小説仕立てのこの作品は、幻想的な謎解きを示唆しつつ、最後は捜査官の推理によってすべての謎が見事に解明されるというものだった。その翌年に発表した本のなかで、私は次のように書いた。「『虚栄、もしくは恐怖の冒険』は恐怖をテーマとした短篇であり、そこにはコナン・ドイル、ガストン・ルルー、モーリス・ルブランといった、まだ読んだことがないにもかかわらず、想像という鏡を通して十分に親しんでいたといっても過言ではない幾人かの作家たちの影響が見て取れる」。もちろんここで私が言いたかったのは、「その名声を伝え聞いていた作家たち」ということであるが、そうした表現はあまりにも陳腐なものに思われたのである。私は筆の勢いに任せて「虚栄、もしくは恐怖の冒険」を一気に書き上げたが、ときにはタイプライターを使うこともあった。というのも、私がまだ手書きで書いていたころ、ドラゴはすでにアンダーウッド製のタイプライターを使っていたからである。

一九二九年に短篇や随想、短い戯曲などを仕上げた私は、私の父と、文学の授業を担当している学校の先生に草稿を読んでもらった。父は、それらを一冊の本にまとめて出版する気はないかと私に尋ねた。父は原稿に少し手を入れると、それをサルミエント通りにあるビブロス社に持ち込み、百二十七ページの八つ折り版三〇〇部を印刷するための費用三〇〇ペソを支払った。刷り上がった本はいまだに綻びもせず私の手許に保管されている。

学校の先生は、出来上がった本のページを繰りながら添削の跡を目ざとく見つけると、自分の書いた文章を最後まで押し通す意気に欠けているといって私を手厳しく責めた。そう言われても私はとくに気にしなかった。というのも、作家というものは自尊心を満足させることよりもまずは作品のことを第一に考えるべきであり、他人による適切な手直しを無下に退けるのは愚の骨頂であると固く信じていたからである。いまもその考えに変わりはない。父が本の印刷をあれほど強く勧め、わざわざ私を出版社へ連れていったのは、私の喜ぶ顔が見たかったということのほかに、内気な私を鼓舞し、自分が若いころに構想を練りながら結局は最後まで書き上げることができなかった小説や戯曲に対する未練を息子の私には味わってもらいたくないとひそかに考えていたからであろう。晩年の父は、すばらしい二冊の回想録、『一九〇〇年以前』、『青年時代』を書き上げた。そして『第三の書』の執筆にとりかかろうとする矢先にこの世を去った。

私は、一財産築くために勇躍アルゼンチンへ渡ってきたあるスペイン人の波瀾に富んだ生涯を描いた長大な小説に一九三二年まで取り組んでいた。しかし、五七〇ページまで書き進めたところで執筆を断念した。序文に私は以下のように書いた。「この怪物じみた小説はいわば四つの顔をもつ魔物が産み落としたものである。すなわち、ドン・フランシスコ・ロドリゲス・マリン[*17]、ジェイムズ・ジョイス、〈歌う魂〉（タンゴの歌詞を掲載した雑誌）、そして『ツァラトゥストラ』である」。数年後、知り合いの女性が草稿をタイプライターで清書してくれた。私はそれに『戦慄の幕開き』というタイトルをつけることにした。これは、私が途中で投げ出した作品、あるいは、出版したことをいまではいくぶん後悔している作品に取り組んでいた一九二九年から一九四〇年までの長い年月を、大げさな調子で茶化したものである。

一九三三年に短篇集『未来に向けた十七発の弾丸』を書き上げた私は、はたして誰に原稿を託すべきか迷っていた。いろいろ考えた末、当時刊行され始めた〈彗星双書〉の最初を飾る一〇作品を大々的に売り出していたトル社のトレンデル氏に作品を見てもらうことにした。私はひそかに、一流作家（少なくとも私とは違って「正真正銘」という形容がふさわしい作家たち）の作品を網羅したこの双書の仲間入りを果たすことを夢見ていた。作品の真価や商業的成功の見込みなどに関する私の売り口上にじっと耳を傾けていたトレンデル氏は、こちらの話が一段落ついたところで、例の双書に私の作品を加えてみてはどうかと提案してきた。「あの彗星双書のことですか？」。私は恐る恐る尋ねた。「その通りです」。私は思わず自分のセールスマンとしての手腕に感心したものである。この逸話についてはこれまで数々のインタビューやエッセーのなかで繰り返し語ってきた。私の虚栄心がそうさせたのかもしれない（あのときのような商才を発揮することはもう二度とないだろうといくら強調したにしても）。いずれにせよ、このエピソードを繰り返し語ったおかげで、出版社を訪れる直前に父と交わした会話が私の記憶から消え去ることはけっしてないだろう。自分の作品がトル社の〈彗星双書〉に加えられたらどんなにすばらしいだろうと私が口にすると、父はこう言ったのである。「トレンデル氏に一度会ってみたらどうかね。きっと賛成してくれるよ。悪い人間じゃないからね」。

いま考えると、弱冠十九歳の無名作家、しかもペン・ネームの陰に身を隠すような駆け出しの若手作家の作品を、ろくに読みもせずに出版するなんて、とても信じられない話である。父が経費の面倒をみてくれたことはほぼ間違いない。もちろん、父はけっしてそんなことは口にしなかったし、私も感謝の気持ちを面と向かって伝えたことはない。はたして父は、私があまりにも自尊心が強く世間知らずなために、事の真相に最後まで気づかなかったと思い込んでいただろうか。どうもそんな気がするが、それはけっして喜ぶべきことではないだろう。いずれにせよ、父の親切な計らいには十分に感謝している。私が幸福な人生を送ることができたとすれば、それはひとつには私自身の生き方にもよるが、一方で、作家という最良の仕事を選んだおかげであると確信している。

『未来に向けた十七発の弾丸』は好意的な批評に恵まれ、売れ行きもまずまずだった。作品のタイトルは、収録されている十七の短篇が作者の評判に及ぼすであろう重大な結果について冗談めかしたものであり、ミル神父が『スペイン語における標準的語法と非標準的語法』のなかで「過去」、「現在」、「未来」といった名詞に用いるべきだと主張している中性冠詞を、ペダンチックな意図のもとに使用している。

一九三四年、私は『カオス』というタイトルの大部の短篇集を、本の出版と販売を手がけるヴィオー・イ・ソナ社へ持ちこんだ。前作と同じく、夢の記述とその注釈からなる作品集である。おそらく『未来に向けた十七発の弾丸』の売れ行きの評判が悪くなかったのと、不運なソナ社が私を信頼してくれたおかげで（私は書店の常連だったし、店の従業員とも親しかった）、彼らは作品をよく読みもせず、ただちに出版を承諾した。ところが、その決断は見事に裏目に出ることになる。作品に関する書評があちこちに掲載されはじめると、彼らはようやく肝心の作品（そこに収められた諸篇はすべて破廉恥な内容のものであり、スキャンダラスというよりはむしろ嫌悪感を催させるものだった）に目を通したが、きっと大きな幻滅を味わったであろうことは想像に難くない。〈ラ・ナシオン〉紙は辛辣な批評を掲載した。また、ある新聞に書評を寄せた批評家は、文学の道をきっぱりとあきらめて「じゃがいも栽培に精を出す」よう私に忠告していた。励ましの手紙をくれる人――多くは女性だった――もいたが、そのときはすでに私自身が中傷者の意見に与するようになっていた。エンリケ・ラレータは私の母にむかって、攻撃的ではないにせよ故意にスペイン人の口調を真似たいつもの調子で、あからさまに次のように言ったものである。「作者は明らかに、野放図な性的妄想に陥っていますな」。私が陥っている野放図がけっして性的なものではなく、多分に文学的なものであることは、この私が誰よりもよく知っていた。

私はまた、ジョイスやアポリネール、コクトー、ミロ、アソリン、それに現代文学に関するさまざまな理論や言説、あるいはラモン・ゴメス・デ・ラ・セルナの『イズム』などに影響されて、一篇の不可解な小説、それも至極退屈な、言葉のもっとも衒学的かつ不毛な意味において文学的な作品を書き上げ、『別のあらし』というタイトルをつけて一九三五年に発表した。

つづいて、夢の記述や詩、掌篇や随想などを集めた短い雑文集『家の彫像』を三六年に完成させた。三七年には『ルイス・グレベ死す』と題した短篇集を上梓した。後者は、「自分はいかにして盲者となったか」や表題作「ルイス・グレベ死す」などの諸篇を含むが、これら二作品はいずれも、基本となる物語の趣向を生かしつつ、プロットや登場人物、場面などに変更を加えたかたちで、後年、「他人の女中」、「奇跡は取り戻せない」として発表された。『モレルの発明』の執筆に着手したとき、私は、出来の悪い作品は『ルイス・グレベ死す』で最後にしようと心に誓った。それら初期の作品群は、「意志さえあればできないことは何もない」という私の母の信条が必ずしも正しいとはかぎらないことを示す事例であった。少なくとも、そこにはもうひとつ、「ただし意志の力だけでは不十分である」という留保を付け加える必要があるだろう。

私の思春期はまさに敗北の連続といってもいいものだった。そのころの私にとって、報われぬ恋はほぼ日常茶飯事だった。とりわけスサナとの思い出は、大きな心の痛手となって残っている。私はずっとスサナのことが好きだったが、ある日、彼女は向かい側の家のバルコニーから、すぐそこの角のところで待っていてと身振りで私に知らせてきた。それからしばらく彼女と出歩く日がつづいたが、やがて私は彼女に飽きられてしまった。噂によると、彼女はその後、家の運転手と駆け落ちし、銀色の大きなキャデラックに乗って家を出ていってしまったそうである。

自分がそれほど賢くもなければ人から好かれているわけでもないことを思い知らされた出来事はほかにもいくつかある。学校では二、三の教師に目をつけられていた。彼らは最初から私に対してまったく好意的でなかった。それよりも悲しかったのは、自分の知性や理解力、学習能力に、乗り越えられない限界があるという意外な事実を突きつけられたことである。おそらく一日目の授業を欠席したためであろう、私には算数がちんぷんかんぷんだった。足し算や引き算、掛け算や割り算の方法を、数字ではなく言葉で丁寧にわかりやすく説明してくれる人は誰もいなかった。算数の先生が投げかけてくる意地の悪い質問や嘲笑に対して私はまったく無力であった。先生はある公式を説明すると私を指名し、黒板の前に出て問題を解くことを命じた。私はチョークを手にしたまま途方に暮れ、果てしなくつづくかと思われた二十分ものあいだ、言い訳めいたことをぶつぶつ口のなかで呟いていた。先生が大きな声で「なんて優秀な生徒なんだろうね。将来が楽しみだ」と言うと、クラスの全員が私をあざ笑うのである。救いの終業ベルが鳴ったとき、先生はよく響く声で、ロバの帽子を私にかぶせるように全員に言い渡した。べつに大した事件ではないように思われるかもしれないが、幼い子供にとっては非常につらい出来事である。それは私の心に消しがたい傷跡を残した。算数ばかりでなく、ラテン語、地理、国語の授業でも私の成績はふるわなかった。最大の鬼門は何といっても算数だったので、私の両親は、教師をしている知り合いのフェリペ・フェルナンデスに個人授業を頼んでくれた。フェルナンデスはカタマルカ通り五十番地のアパートの上階に住んでいた。私が訪ねると、彼はいつもハーモニウムを演奏していた。エントレリオス州出身の彼は痩せた中背の男性で、秀でた広い額をしていた。彼はいつ見ても黒のジャケットに縞模様の入ったズボン、黒の蝶結びネクタイ《ラヴァリエール》を身につけていた。幼い子供ながら、私は自分が、人に教えるという技術をそのもっとも高度な段階にまで引き上げたひとりの芸術家を前にしていることがすぐにわかった。算数の公式も、彼の手にかかるとじつに優美なものになるのだった。すべてがあまりにも明快に解き明かされるため、私は自分が賢くなったように感じた。私は次第に、学校の教師たちによって閉じ込められていた憂鬱から解放され、すべての教科、とりわけ算数で優秀な成績を収めることができるようになった。フェルナンデスがもし長生きしていたら、私はあるいは数学者になっていたかもしれない（少なくともそう考えたくなるほど私は彼に恩義を感じている）。『モレルの発明』や『脱獄計画』のなかで展開されている複雑な論理や精緻な解釈の体系も、彼の教えに負うところが大きい。

〈倫理学アカデミー〉での講演で私の父について話すつもりだというエセキエル・ガリョのために、父に関する資料を漁っていたときのことである。私は偶然、ソルボンヌで行われた講演会の記録を収めた小冊子を見つけた。そこには次のような献辞が記されていた。「親愛なる友マルタとアドルフォへ。

フェリペ・フェルナンデス。パリ、一九一九年」。献辞のすぐ隣には、ランジュヴァンがアインシュタインを紹介するためにソルボンヌで行ったスピーチの記録をぜひ読んでほしいというメッセージが添えられていた。小冊子には、両親の知り合いの心理学者ジョルジュ・デュマ氏の小論が収められており、フロイトの理論が取り上げられていた。

そのころの私は、想像や夢の世界から着想を得た作品を書くことに熱中していたが、それらはいずれも、発表されたかどうかにかかわらず、まともな文学作品を書き上げる能力が自分には備わっていないことを残酷にも告げるものであり、私を大いに落胆させた。私は新しい本を発表するたびに、友達の浮かない表情を見るまでもなく、それが失敗作に終わってしまったことを理解した。不愉快極まりない再読によってそのことは十分すぎるほど明らかだったからである。

実を結ぶことのない執筆をつづけながらも(もっとも、書くことはけっして不幸な体験ではなかった)、私は多くの本を読み、さまざまなことを吸収した。スペイン文学では、多種多様なジャンルの作品を、古典から現代にかけて、有名作家の作品にかぎらず幅広く読んだ。アルゼンチン文学では、いずれアンソロジーを編むことがあるかもしれないと考えて、〈歌う魂〉や〈澄み渡る歌声〉といった雑誌からタンゴやミロンガの歌詞を丹念に拾い集めていたが、そういうものを含めて、大衆的なジャンルの作品にも目を通した。フランス文学、イギリス文学、北米文学、ロシア文学は言うに及ばず、ドイツ文学、イタリア文学、ポルトガル文学(エッサ・デ・ケイロース等)にも親しんだ。ギリシア文学やラテン文学、中国文学や日本文学、ペルシア文学にも挑戦し、文学理論などにも取り組んだ。ほかにもじつにさまざまな本を手にとった。作詩法、統語論、文法に関する書物、あるいはスティーヴンソンの『書く技法』やヴァーノン・リーの『言葉の運用について』、等々。さらに哲学、論理学、記号論理学、科学概論、分類学、数学概論や、聖書、聖アウグスティヌスをはじめとする教父哲学にも親しんだ。相対性理論や四次元に関する理論、生物学といったテーマに取り組んだこともある。

私の書くものが不首尾に終わったのは、ボルヘスが慈悲深くも考えたように、けっして私が怠慢だったからではなく、書くという作業に身を入れすぎたためであり、あまりにも雑多な理論に接したため消化不良を起こしたからであろう。恋愛の場面を強烈に印象づけるため、ドビュッシーの『牧神の午後への前奏曲』を聴きながら執筆にいそしんだこともある。もっとも、これはたいして効果的ではなかった。私には明らかに、小説家としての経験が不足していたし、とりわけ作家としての思慮分別にも欠けていた。駄作を次から次へと書き散らしながらも、私は小説作法を論じた本を書きたいと思っていた。しかし、創作の筆を鈍らせたくはなかったので、その計画は残念ながら後回しにせざるをえなかった。ほかにも、修辞学に関する古典的な作品を現代に甦らせたかのような、文学的効果について論じた作品を書きたいという気持ちもあった。その当時書き溜めていた草稿のなかで、二冊の手引書、というよりも覚え書き風のノートが私の手許に残されているが、それらは平面幾何学と立体幾何学について論じたものである。すべては一冊の書物に帰着するという考えを当時の私はすでにもっていたようだ。

私は、『モレルの発明』の構想を練りながら、いつもの過ちによって作品が台無しになることだけは避けなければならないと自分に言い聞かせた。とはいえ、その過ちがいったい何なのか、自分にもよくわかっていなかった。ただ、私の作品を損なってきたそもそもの原因が、どうやら私自身の内部にあることだけは間違いないように思われた。その正体をしっかり見極めないかぎり、それを取り除くことは難しいだろう。私は、虚栄心というものがいったいどのような過ちをもたらすものなのか自問し（というのも、すべての問題は私の虚栄心に由来するのではないかという予感があったからである）、批評家の言葉を気にしながら作品を書いたり、あるいは次のような賛辞を期待しながら筆を走らせることはやめようと思った。「ビオイは……という表現を大胆にも用いた最初の作家であり、はじめて……の手法を試みた小説家である」。今後は名声のために作品を仕上げるのではなく、目の前の作品世界に意識を集中し、もっぱら物語の一貫性や文学的効果に配慮しながら筆を執ろう、そう決心したことがよい結果につながったのだと思う。

12

法律の勉強を始めたころ、私は将来の仕事の役に立たないことに時間と労力を空費していることを感じていた。焦燥感を覚えた私は、法律を軽視するための理屈をいろいろと考え出した。法律というものは結局のところ、些細な出来事や取るに足りない罪科をあげつらうことに汲々としている、そう考えようとしたこともあった。しかしながら、法によって人間生活を律するという試みは――あたかも大海に境界線を画そうとするかのように――、人類史上もっとも偉大な取り組みのひとつであることは誰の目にも明らかだった。

臆病で神経質な私は、すべての科目をしっかり復習してからでなければ試験に臨むことができなかった。例えば国際法なら、何千ページもの本を繰り返し読まなければ気がすまなかった。私はせめてもの気晴らしに、内戦期の国際法の問題が詳細に論じられた、細かな文字が隙間なくびっしり埋められた専門書のページのあちこちに、コンマやピリオドを書き込んでいった。ある高名な学者が著したインディアス法に関する研究書などは、セビーリャの通商院がどのような役割を果たしていたのかという肝心の問題にはまったく触れず、守衛が三人いたなどという細かい事実が述べられており、私は読みながら苛立ちを覚えたものである。ベレス・サルスフィールド[*18]については、あの称賛に値する民法典のなかに次のような文言を加えたことを非難せずにはいられなかった。彼の傲慢さを物語っているように思われたからである。「なぜなら時間というものは、よく知られているように、時計の針が示す時刻によって計ることができないからである」（ロンジンやモバードをはじめとするスイスの時計メーカーがこれとはまったく逆の考えを支持していることは言うまでもないだろう）。もちろん、法学部で過ごした時間がすべて無駄だったというわけではない。ローマ法の授業やカルロス・グイラルデス教授の経済学の講義はいま思い出しても懐かしい。あるとき私は、弁護士になるための六年間の勉強が、文学者としての未来からますます自分を遠ざけてしまうのではないかと考え、哲文学部へ移籍した。ところが皮肉なことに、移籍後の私は文学からますます遠ざかってしまったように感じた。結局、哲文学部にはほんの数ヶ月だけ在籍したが、忘れられない思い出がひとつある。それは、ノラ・エルサ・ウニア・クラインと言葉を交わしたことである。大学を中退しようと決心したとき、シルビナ・オカンポとボルヘスは私の決断を後押ししてくれた。シルビナは、文筆こそ世界でもっともすばらしい仕事であると確信していたし、ボルヘスは、「もし作家として身を立てるつもりなら、弁護士や教師、新聞記者、あるいは文芸雑誌の編集長の道をきっぱりとあきらめなければならない」と忠告してくれた。

当時の私は、スチュアート・ミルがその『自伝』のなかで述べていること、すなわち、社会生活のなかで次第に失われていく自由な時間について語った箇所に影響を受けていたのであろうか、どこか人里離れた場所に隠棲し、読書や執筆に明け暮れることを夢見ていた。この点についてはやはりスティーヴンソンの影響も見逃せないが、私は太平洋に浮かぶ孤島のイメージを思い描いていた。それはやがて『モレルの発明』や『脱獄計画』といった作品のなかで具体的な形をとることになる。それに比べればずっと地味であるが、より手近な孤島として、すでに借地として人の手に渡っていたリンコン・ビエホ農場があった。そこで暮らすことさえできれば、思う存分執筆に専念することもできるだろうし、私が大学を中退したのはけっして自堕落な生活に身を任せるためではなかったということを、愛する両親にわかってもらうことだってできるだろう、私はそう考えたものである。

当然の成り行きというべきか、田舎で数年を過ごすうちに、私はある構想を抱くようになった。すなわち、獰猛な獣が跋扈する壮大な冒険譚とは無縁の、一見平穏な土地に見えながら、人々を徐々に破滅の淵へ追いやっていくような、呪われた場所としてブエノスアイレス州の大平原を描くという構想である。作品の梗概はあらまし次のようなものだ。眼前には、およそ叙事詩の世界からかけ離れた、何の変哲もない大平原が広がっている。なだらかな起伏や小高い丘がところどころに見えるパンパである。広大無辺の大地を歩きながら、人はどこかの集落から永久に遠ざかってしまうということがない。はるか彼方には地平線を遮る木立が見える。野良仕事に精を出す土地の人々は、強烈な陽射しや激しい風雨の痕跡を皮膚のうえに刻みつけられている。とはいえ、一帯の気候はおおむね温順である。それほど遠くへ行かなくても、地下から湧き出す水が小川や沼に流れ込む様子を見ることができる。ところが、塩分を含んだ硬水は、人々の体を徐々に蝕んでいく。白鳥が飛来する沼には水車小屋があり、塩分を含んだ水がそこから流れ出している。その水には万病を癒す不思議な効能があるとされ、土地の人々のあいだでも評判になっていた。噂を聞きつけた人々はタパルケやアスル、ラウチ、レアル・アウディエンシアといった遠方からわざわざやってきて、魔法の水を瓶に詰めて持ち帰る。私は水のサンプルを何種類か用意して研究所に持ちこみ、分析を依頼する。ほとんどの水が良質であることが判明するが、たったひとつ、例の魔法の水だけが、癌を引き起こす成分を含んでいることが明らかになる。

オスカー・ワイルドは、人間は自分がもっとも愛するものを台無しにしてしまうと言っている。私は諷刺を好む作家である。自分が好きなものを笑いの対象にすることに悦びを感じるからだが、おそらく私は、そうすることによって自分の愛情が私欲を離れた純粋なものであることを証明したいとひそかに願っているのだろう。だからこそ、それほど人目を引くものではないにせよ、とにかく人間の生活を脅かすさまざまな危険に満ちた世界としてパンパを描き出すという構想を得たのである。

ある日、ギリェルモ・デ・トーレに作品の構想を打ち明けると、彼はそれを気に入ってくれた。そんなことは滅多にないことである。私の話に熱心に耳を傾けていたギリェルモは、できるだけ早く執筆にとりかかるように勧めた。彼が興味を抱いた理由はすぐにわかった。物語の舞台であるパンパは、ほかの国の人々がアルゼンチンという言葉を聞いてまず最初に思い浮かべるものだったからである。ギリェルモは、自分が生まれ育ったアルゼンチンという国に対して少なからぬ不満を抱いているようだった。

ギリェルモ・デ・トーレの熱意に警戒心を抱いたということもあるが、私がこの作品の執筆に踏み切らなかった理由はほかにもある。エッセーという体裁で書き進めるべきか、あるいは短篇という形式に頼るべきか、つまり作品の構想をどのようなかたちで具体化するのか決めかねていたのである。

あのときもし執筆に踏み切っていたならば、私がパンパを愛していないという誤った印象を読者に与えたかもしれない。実際は心の底からパンパを愛しているのだが。

私には、現実の滑稽な側面に目を向けたがる習癖がある。これは多くの人の反感を買うものだし、何よりも不愉快な誤解を招きかねない。しかし私は、文学における自分の態度や姿勢を変えるつもりは毛頭ない。民族や国を問わず、人はいつでも、自分を突き放して笑い飛ばすくらいの気構えがあったほうがいいのである。それゆえ、私はつねに、自分がもっとも好むものや気に入っているもの、あるいは痛ましさや哀れみを感じるものにさえ、滑稽な側面を見出そうとする。私がいままで書いてきた短篇小説には、自分自身が愛着を感じている人物や場所が登場する。主人公の多くは慎み深い人物として描かれている。こうした人物像を思い描くことは、私にはことのほか容易だからである。私はけっして傲慢な態度を好まないし、自尊心というものも嫌いである。人間の本性について考えるとき、人はすべからく謙虚であらねばならないとつくづく思う。もちろん実際の行動に際しては、ある種の傲慢さが必要とされる場合があることも事実である。私はよく女性を笑いの対象にするが、それは彼女たちが私の人生において重要な位置を占めているからであり、私が頻繁にトラブルを抱える相手だからでもある。彼女たちとの生活を通じて私が女性を疎んじるようになったということはない。ジェーン・オースティンはいみじくも、われわれはお互いに相手を楽しませようとして馬鹿な真似をするものだと言っている。人間の歴史に関するこれほど同情に満ちた言葉はないであろう。

13

一九三五年、私は友人のドラゴ・ミトレ、エルネスト・ピサビーニと一緒にリンコン・ビエホ農場で数日を過ごした。人が住めないほど家が荒れ果てているかもしれないと考えて、われわれはテントを持参した。巨大な蟻の巣が地面の所々に顔をのぞかせ、部屋という部屋は雨漏りがするほど傷んでいたが、なんとか住めないこともなかった。大きなU字型の家屋には、花の咲き乱れた中庭があり、のちに母が取り壊しを命じることになる貯水槽がまだあった。一軒家というよりは何棟かの平屋からなる集合住宅で、屋根は切妻形の瓦葺きだった。家族が増えるにつれ、祖父がラス・フローレスから連れてきた住み込みの左官の手によって平屋が増築されていったそうである。一番古い建物は祖父がここへ移り住む前からあるもので、父の話によると、一八三七年に私の曽祖父によって建てられたもののらしい。あるいはパルドという名前の人物によって建てられたという話もある。祖父は一八五〇年から一八六〇年のあいだに土地を購入し、子供の数が増えるにしたがって次々と平屋を建て増していった。子供は全部で男の子が六人と――厳密に言うと七人だったが、そのうちの一人は生まれてすぐに死んでしまった――女の子が二人であった。祖父は、自分の姓を受け継ぐ子孫たちをブエノスアイレス州に殖やしていく心づもりだったらしいが、いまやビオイ姓を名乗るアルゼンチン人男性は私ひとりになってしまった。

借地人であるベアルン出身の男、あの抜け目のない小さな目を光らせた背の低い男は、ある日、借りていた農場を私に返した。彼は、一歩前へ踏み出し、また一歩後ろへ下がると、両腕を近づけたり離したりしながら私に言った。「あんたはいずれこの農場を潰してしまうでしょうな。ビオイ家の人間は皆そうなんだ。つまりですな、ええと、まともに仕事ができるのはお前さんのお祖父さんだけだったというわけですよ。ですから、ええと、せいぜい私の言う通りにすることですな。牛の放牧をおやりなさい。牧草と水さえやっておけば、ええと、ですから、子牛がたくさん生まれますよ」。

私はさっそく、顔見知りが経営する家畜販売所から牛を数頭買い入れた。いざ農場に牛が運ばれてきたときはさすがにうれしかった。まるまると太った赤毛のショートホーン種だった。仕事仲間として雇ったオスカル・パルド——地元では聡明な少年として知られており、生涯を通じて私のよき友であり相棒でもあった——もそれを見て満足げな笑みを浮かべたが、「幸いにも」子を産むことができない牛かもしれないと言った。「幸いにも」がこの場合「おそらく」を意味すること、そして、彼が気を遣うあまりこうした言い方をしてしまったことを私はすぐに理解した。はたしてパルドの言う通り、それらはすべて子を孕むことのない牛であることがわかり、肉屋へ売り飛ばすしかなかった。

当時のブエノスアイレス州には、肉牛のショートホーン種と乳牛のホルスタイン種しかいなかった。まれに顔の白いヘレフォード種を見かけることがあるくらいだった。アバディーン種にはほとんどお目にかかれなかった。私はオスカルの助言にしたがって、ロボスにあるフラガ農場で黒毛のアバディーン・アンガスを買い入れた。頼りになるオスカル・パルドがそばにいなかったので、いざ購入するときは少々不安だった。幸いにも私が買い入れた牛は彼のお眼鏡にかなったようである。私はまた別の日に、オスカルを伴って、われわれの農場から六十キロほど離れたバルダ農場へ馬で出かけていき、そこで雄牛を買いつけた。私たちはその日のうちに長い道のりを引き返してきたが、私は途中で一休みしなければならなかった。食事をしようと無理に立ち上がると、ちょっとした眩暈に襲われた。

リンコン・ビエホ農場では何かと出費がかさんだ。家畜の買い入れはもちろん、家屋の修繕もしなければならなかった。農具の購入や、粉ひき場、貯水槽、家畜の水飲み場、柵の補修といった仕事もあった。進歩的な考えの持ち主だった私の祖父は、農場を大小二十以上もの囲い場に仕切っていた。農場が借地として人の手に渡っているあいだ、柵の補修はまったく行われなかったようである。私は農場にたくさんの木を植えた。園芸協会に紹介してもらった職人の助言にしたがって、ランベルティアの木を何千本も植えてみたが、ほとんど干からびてしまい、最後は強風になぎ倒されてしまった。どんなに経験豊富な人間でも、土壌の性質をよく知らなければ失敗することもあるのである。

これらの出費を賄うため、二、三年のあいだ私とオスカルは家畜の売買を手がけた。地元で買いつけた家畜を自分たちの農場で育て上げ、それを売って利益を得るのである。

私は農場の仕事に慣れるための努力を惜しまなかった。もっとも、犂で畝を作るなど高度な技術を要する作業や、敷地をフェンスで囲ったり柱を立てるための穴を掘ったりといった力仕事は相変わらず苦手だった。それよりも、根気を要する単調な作業のほうが私には向いていた。仲間にみくびられないように、生きのいい馬を手なずけようとしたこともある。馬は何度か激しく跳躍し、そのたびに私はかろうじて持ちこたえたものの、今度はいきなり後脚で立ち上がったかと思うと、そのまま背中から倒れこんだ。敏捷な私は馬からひらりと飛び降り、そのまま両足で着地した。仲間たちは私のすばやい身のこなしに感心したようである。もう一度やってみないかと言われた私は、即座に首を横に振った。

家畜の売買のために私はあちこちの競売や見本市、農場へ出かけた。それまで話に聞くだけだった場所を実際に訪れるのは楽しかった。かつて行ったことのある場所はますます身近なものとなった。私が訪れた農場のなかには、インディオの襲撃を防ぐための鉄柵が依然として残る、ホセ・アントニオ・フラド氏が経営する美しいレティーロ農場があった。ほかにも、同じフラド姓を名乗る二人の人物（そのうちのひとりは電話会社を設立し、二十年代には少なくともラス・フローレス郡第七地区の電話事業を一手に引き受けていた）が経営するパンチータ農場とメディア・ルナ農場、それに、訴訟好きのコルメイロ氏（のちにこの人物は、若干の脚色を施されて、派手なチョッキを身につけた姿で私の短篇「女たちのヒーロー」に登場することになる）が経営する見事な西洋梨の木が植えられたアンドラ農場にも出かけた。私の伯父はあるとき、エル・テソロ農場を訪れ、そこでサボア出身の農場主が地面を一生懸命掘り返しているところに出くわした。彼は言い訳がましく、「子供たちを喜ばせようと思ってね、穴を掘っているんですよ《ジュカヴ、ジュカヴ、プウルコンタンテレザンファン》」と言ったそうである。私はさらに、グアリチョ川を見下ろす美しい高台にあるカンディル農場、サン・ニコラス農場、ラ・クバーナ農場なども訪れた。カラマサという名の急進党の指導者が所有するケマド・デ・アンチョレナ農場は、当時は借地として人に貸し出されていたが、大きな柔らかい手をしたこの人物は、地元の人たちから慕われていた（彼もまた「女たちのヒーロー」のなかに、若干の脚色を施されて登場する）。羊の買いつけのためにイギリス人の経営する農場へ出かけることもあったが、非の打ち所のない彼らの農場はリンコン・ビエホ農場など足下にも及ばないように思われた。ギブソン家が所有するラ・トマサ農場やラ・カバーニャ・ミラモンテ農場をはじめ、ラ・ドリータ・デ・ギャレット農場もすばらしかったし、その名前がとりわけ私の気に入っていたラ・インフィエル・デ・ビダル農場は、良質の牧草を産することで有名だった。ただしそこには、農場主の家族が住む屋敷がなかった。黒毛の雄牛を飼育していたバルダ氏の農場や、ビルバオ出身のチマラウケン氏の農場を訪れたこともある。チマラウケン氏の農場には、ブエノスアイレス州でもっとも大きな風車小屋があり、その横には、同じく州内で一番大きなオーストラリア製の貯水槽（私が訪れたときは空だった）があった。羊の水浴び場のほかに、小さな公園には歩道が設けられ、ブーローニュの森の小道の名前を記した標識が掲げられていた。ほかにも、ラ・パシフィカのような広大な農園や、マルティネス・デ・オス一家が所有する、由緒ある立派な屋敷を備えたクラパイティ農場などを訪れたこともある。クラパイティ農場の新たな所有者となったドン・アマデオ・ドゥチェという人物は、自分の農場を番号で呼んでいた。たしか六〇番台の数字だったと思う。

私は、リンコン・ビエホ農場に滞在しているあいだ、じつにたくさんの本を読み、毎日のように執筆をつづけた。そのころに読んだ本のなかには、ラッセルの哲学的著作（『心の分析』、『知の理論』）やライプニッツの作品、相対性理論や四次元に関する書物、論理学や記号論理学を扱ったスーザン・K・

ランガーやスーザン・ステッビングの著作などがあった。カントの『人倫の形而上学の基礎づけ』は私の行動様式に大きな影響を与え、『純粋理性批判』を読了したときは、本の横でポーズをとる自分の姿を記念写真に納めたいと思ったほどである。ヘーゲルの『美学講義』も読んだし、ほかにもさまざまな作家のエッセーや短篇、長篇小説などを手にとった。

シルビナはいつも私のそばにいて農場の仕事を手伝ってくれた。冬の午後になると、私たちは食堂の暖炉のそばに腰かけて読書をしたり書き物をしたりした。農場で過ごした月日はまことに幸せであったが、もちろん良いことばかりではなかった。私は生まれつき身体が丈夫でスポーツにも親しみ、たまに風邪をひくことはあっても大きな病気に悩まされたことは一度もなかった。ところが、長年の別離のちにようやく取り戻すことのできた地上の楽園ともいうべきこのリンコン・ビエホ農場で、激しい頭痛に悩まされるようになったのである。ある人から聞いた話によると、性質の異なる数種類の土壌が一定の割合で混ざり合った土地にしばらく住んでいると、病気になったり不慮の事故に遭ったりすることがあるという。その人は私にむかって、「エル・パロマールの飛行場で繰り返し大惨事が起きるのも、じつはそのためなのですよ」と説明してくれた。私はそれを聞いて、ひょっとすると私の愛するリンコン・ビエホ農場も、病気を引き起こす具合に混ざり合った土壌に侵されているのではないかと考えて不安になった。

14

私の娘のマルタの人となりは、周囲の人々に誤解を与えやすいものである。彼女はつねに愛情に満ち溢れ、すべてを冗談の種にしてしまうほどのユーモアの精神の持ち主であるが、ダイヤモンドのような堅固な一面をのぞかせることがある。彼女のこの性質は、ビオイ家ではなく、志操堅固で知られていた私の母マルタ・カサーレスから受け継いだものであろう。

リンコン・ビエホ農場の歴史を振り返ると、経営状態が良好だった時期が二度あることに思いあたる。最初は私の祖父ファン・バウティスタ・ビオイの時代であり、二度目は私の娘マルタが経営にかかわっている現在である。そのほかの経営者たちも農場を愛する気持ちではけっしてひけを取らなかった。農場で生まれた父と、そこで産声をあげることができなかったことをしきりに残念がっている私にとって、リンコン・ビエホ農場はアルゼンチンでもっとも愛すべき場所だった。しかしながら、経営の才に恵まれなかった父と私は、最後までよき農場主となることができなかった。一方、娘のマルタは、私がほとんど一生を費やして身につけた農場経営にかかわる知識をわずか二、三年のうちに吸収してしまい、父親を簡単に凌駕してしまった。

一九三七年、私は伯父のミゲル・カサーレスに頼まれて、ラ・マルトナ社（カサーレス家が所有する乳製品会社）の凝乳とヨーグルトの効能を科学的に、あるいはいかにも科学的に見えるように説明した宣伝コピーを作成することになった。一ページにつき十六ペソの収入が約束されたが、当時としては十分すぎるほどの報酬だった。私はその仕事にボルヘスを誘った。私たちは農場の食堂の、ユーカリの枝がぱちぱち音を立てて燃えている暖炉のそばに座り、湯で溶かした濃いチョコレートを飲みながらパンフレットの作成に取り組んだ。

その仕事は私にとってまことに有益な体験だった。パンフレットが完成するころには、私は以前の自分とは別人の、経験を積んだ一人前の作家に成長していた。ボルヘスとの共同作業は、数年分の仕事に匹敵するほどの豊かな実りをもたらした。

そんなある日、私たちは事物の名前を列挙したソネットを考案し、三行連句のなかで、具体的な方法はもはや覚えていないが、次の詩を擁護したものだ。

風車小屋、天使たち、Lという文字

さらに、推理小説ふうの短篇――アイデアはボルヘスが提供した――の構想を二人で練ったこともある。それは、大柄で温厚なプレトリウスという名のオランダ人博士が登場する物語で、学校の校長を務めている博士は、快楽主義的な方法（義務として課される遊戯や四六時中鳴り響く音楽など）を用いて生徒を拷問し、殺してしまう。この筋書きは、ブストス・ドメックとスアレス・リンチによるすべての作品の出発点をなすものである。

ボルヘスとの数え切れない対話のなかでいまでも忘れられないのは、農場で交わした次のようなやりとりである。そのころ私は、芸術的、文学的創造にとって何よりも大切なのは完全なる自由、私のお気に入りの作家のことばを用いれば「底抜けの」自由であると確信しており、少し前にどこかで読んだ宣言文に心を奪われていた。それは「新奇さ」という言葉をいたずらに繰り返すだけのものだったが、私はそれに触発されて、夢やひらめき、狂気などが芸術や文学において果たしうる役割とその可能性についていろいろと考えをめぐらせていた。ところが意外なことに、ボルヘスは周到な配慮を凝らした芸術を擁護し、私が崇めていた輝かしい前衛詩人や画家たちに対抗してホラティウスを称揚し、大学教授たちが口にしそうな意見を述べるのであった。おのおの自分だけの世界に閉じこもって生きている私たち人間は、じつは隣人のことをよく理解しておらず、その点でわれわれは、ボルヘスの顔見知りの書店主に似ているといえるかもしれない。ボルヘスのことをよく知らないこの人物は、なんと三十年以上ものあいだ、英国王室の王子たちの伝記や新しい鱒釣り大全が出版されるたびに、欠かさずボルヘスに紹介してくれたそうである。あの日のやりとりで、ボルヘスは議論を打ち切るための締めくくりの言葉を私に譲ってくれたが、私はそれをてっきり、こちらの言い分が正しいことの何よりの証左とみなしてしまった。ところが翌日、あるいはその日の晩だったかもしれないが、私は自説を撤回し、作家というものは作品そのものよりも批評家や評論家の言説のなかでこそ輝きを増すという事実に思い至り、これからは作意を重視した創作を心がけようと決意した。

私たちは作家としてお互いに多くの点で異なっていたが、つねに変わらぬ友情によって結ばれていた。何よりも書物を愛する気持ちを共有していたからである。私たちはよく、昼間から夜にかけて、ジョンソン、ド・クインシー、スティーヴンソン、幻想文学、推理小説のプロット、コルネイユの『舞台は夢』、さまざまな文学理論、トゥーレの『反押韻』、翻訳に関する諸問題、セルバンテス、ルゴーネス、ゴンゴラ、ケベード、ソネット、自由詩、中国文学、マセドニオ・フェルナンデス、ダン、時間、相対性理論、観念論、ショーペンハウアーの『形而上学的幻想』、シュル・ソラールの〈ネオクリオール〉、フリッツ・マウトナーの『言語批評』、等々、じつにさまざまな話題について語り合ったものである。

ボルヘスとの対話を通じて私が感じたことのいっさいを、いったいどのようにして思い起こせばよいのだろう。詩や批評、あるいは私がかつて読んだことのある小説の一場面など、それらはボルヘスによって語られるや、まったく新たな相貌を帯びて立ち現れ、同じくボルヘスが口にするや、まだ読んだことのない書物の世界は波瀾に富んだ冒険譚のごとく浮かび上がり、そのめくるめく夢のような世界は、ときに人生そのものと重なって見えてくるのであった。

ボルヘスと私は、一九三六年に雑誌〈時機はずれ《デスティエンポ》〉を創刊した。雑誌のタイトルには、時代のさまざまな不合理や迷妄から逃れようとする私たちの切実な意思が込められている。私たちがとりわけ強く反発を感じていたのは、ある種の批評家に見られる態度、すなわち、作品が有する文学的価値をないがしろにし、作品の背後にある民俗学的な要素、あるいは文学史や社会学、統計学の手法にかかわる要素だけを取り出し、それに拘泥しようとする態度であった。文学の潮流を生み出す先駆的な作品というものは、例えば中流階級の顧客を相手にする服飾デザイナーやガウチョなどを主人公にした三部作などを想像してみればわかるように、すぐに忘れ去られるものであり、この点についてわれわれの意見は完全に一致していた。

九月のある朝、私たちは刷り上がったばかりの雑誌の創刊号を手に、オルティゲラ通りにあるコロンボ印刷所を意気揚々と引き揚げた。ボルヘスは半ば冗談で、このすばらしい日のために、二人で記念写真を撮ろうと提案した。さっそく私たちは、近所のショッピング・センターにある写真屋を訪れた。残念ながら、そのときに撮影した写真はすぐに紛失してしまったので、それがどのようなものであったのかいまではほとんど覚えていない。〈時機はずれ〉には有名作家による寄稿も掲載され、第三号まで発刊された。

私はさまざまな機会にボルヘスと一緒に仕事をした。諷刺をきかせた推理小説や幻想小説、映画の脚本や小論、本の序文などを共同で執筆し、叢書やアンソロジーの編纂、古典文学の注釈などにも共同で取り組んだ。サー・トマス・ブラウンの『医師の宗教』や『壷葬論』、『キリスト教徒の道徳』、あるいはグラシアンの『機智と才知の技法』の注釈を共同で執筆した夜、また、それよりも前の年の冬、『幻想文学選集』に収録する作品を二人で選定し、スウェーデンボルグやポオ、ヴィリエ・ド・リラダン、キプリング、ウェルズ、ビアボームの作品を翻訳した夜など、いずれも忘れられない思い出のひとつとして私の記憶に焼きついている。ボルヘスは、因習やしきたり、怠惰やスノビズムに迎合することを知らない明晰な知力、博覧強記、秘められた照応関係を見抜く鋭い眼力、豊かな想像力や尽きせぬ創造の才などを駆使しながら、一連の仕事のなかで卓越した才能を発揮した。

私が三〇年代に書いた作品は、ボルヘスから見ると、常日頃の話し相手である私――まっとうな意見を口にするごくありふれた若者――が、いたずらに多作なばかりで実力の伴わない作家であることを告げるものであったに相違ない。ボルヘスは寛大にも、それらの作品を紹介する文章を書く労を厭わず、多少とも褒めるに値することを取り上げて私を鼓舞してくれた。

一九三九年のある日、ボルヘスとシルビナと私の三人は、サン・イシドロの丘で、ある短篇小説の構想を練っていた（結局それは書かれることのない作品のひとつとなった）。フランスを舞台としたその小説の主人公は、田舎町に住むひとりの若き文学研究者である。彼は数年前にこの世を去ったある有名作家――洗練された趣味の持ち主である文芸愛好家たちのあいだに限られた名声だったが、主人公は鋭い直観によってそのことを探り出す――に関心を抱いていた。さまざまな困難に直面しながらも、主人公はその作家の足跡を丹念にたどり、生前の作品を入手することに成功する。ひとつは、薄い豪華本《プラケット》に掲載された講演の記録で、そつのない正確な言葉遣いや一連の常套句を用いて、剣を身にまとったフランス学士院会員の業績を顕彰するものだった。ほかにも、故ニザールに捧げられた、ヴァッロの『ラテン語提要』の断章に関する短いモノグラフや、内容と形式の両面において冷ややかな印象を与える『ソネットの栄冠』などがあった。これら飾り気のない、堅苦しい内容の作品を、著者の生前の名声に結びつけて考えることがどうしてもできなかった主人公は、さらに綿密な調査が必要だと判断した。作家が生前に住んでいた居城を訪れ、遺稿を念入りに吟味することを許された彼は、すぐれた着想がちりばめられた草稿を何点か発見したが、それらは未完のまま投げ出されていた。主人公は最後に、さまざまな禁忌が列記された一覧表を発見する。あの日の午後、ボルヘスとシルビナ、私の三人が、J・W・ダンの『時間との実験』の擦り切れた表紙の裏や何も印刷されていないページに書き記したものである。その内容は以下の通りである。

文学において避けなければいけないこと[*19]

——心理学的な珍奇さ、および矛盾。慈悲による殺人、満足感ゆえの自殺。心理学の常識ではすべてが可能であることを知らない者がはたしているだろうか。

——登場人物の行動や性格に関する鬼面人を驚かす解釈。ドン・ファアンの女嫌い、等々。

——ごくまれに姿を現すだけの脇役たちが見せる隠れた才能、複雑さ、特異性。マリトルネス[*20]が開陳する哲学。小説のなかの登場人物がもっぱら彼らを描写する言葉に依存していることを忘れてはならない（スティーヴンソン）。

――明らかに異質な登場人物の組み合わせ。キホーテとサンチョ、シャーロック・ホームズとワトソン。

――対になる二人の人物を主人公とする小説。この場合、作者が直面する困難とはおよそ以下のようなものである。すなわち、一方の人物について何らかの解釈を試みる場合、それとシンメトリーをなすもうひとつの解釈を他方の人物に適用することになり、対称性の法則、あるいは新鮮味に欠ける一致の法則の濫用につながる。『ブバールとペキュシェ』。

――奇癖による人物の描き分け。ディケンズ参照。

――新奇さや意外性に頼る手法。トリック・ストーリー。まだ誰も筆にしたことのない事柄のみを追い求めるのは、洗練された社会に生きる詩人にふさわしくない所行のように思われる。教養ある読者は、意外性という不躾な仕打ちをけっして喜ばないものだ。

――物語の展開における時間と空間の恣意的な操作。フォークナー、プリーストリー、ボルヘス、ビオイ、等々。

――ある種の作品においてはパンパや人跡未踏の密林、海、雨、地価の高騰などが真の主役を演じていることの発見。こうしたことが多少なりとも当てはまるような作品を書いたり読んだりすること。

――読者が容易に同化することのできる詩や場面、状況、登場人物。

――汎用性の高い言い回し、俚諺になりやすい言葉、あるいは通俗に堕する危険性のある表現（それらは一貫性のある言説 un discours cohérent とは相容れないものである)。

――神話的存在たりうる登場人物。

――特定の場所や時代に限定された登場人物や舞台背景、言い回し。地方色。

――言葉やオブジェへの偏愛。性と死の誘惑、天使、像、ごた混ぜ《ブリカブラク》。

――無秩序な羅列。

――語彙の豊富さ。同義語として使われる言葉。あるいはその反対。正確な言葉 Le mot juste。的確さへの願望。

――描写における生彩。どこまでも物質的な世界。フォークナー参照。

――環境、気候。熱帯的酷暑、酩酊、ラジオ、繰り返されるフレーズ。

――天候にまつわる書き出しと結末。気象学的、アニミズム的な一致、照応。「風立ちぬ、いざ生きめやも」。

――メタファー全般。とりわけ視覚的なもの。さらにいえば農業や航海、金融にかかわるもの。プルースト参照。

――あらゆる擬人化。

――作品の構造が他の作品のそれと並行関係にあるような小説。ジョイスの『ユリシーズ』。

――献立表やアルバム、旅程表、協奏曲などの体裁を装う本。

――図版を示唆するもの。あるいは映画をほのめかすもの。

——批評における非難や称賛（メナールの規則による）。文学的効果を論じるだけで十分である。ホメロスやセルバンテス、ミルトン、モリエールの無能を高らかに宣言する類の売文の徒ほど無邪気な連中はこの世にいない。

——批評における、あらゆる歴史的、伝記的事実への言及。作者の人間性。精神分析。

——推理小説における家庭生活や官能的な場面の描写。哲学的な対話における劇的な展開。

——期待。恋愛小説における悲壮、およびエロティシズム。推理小説における謎と死。幻想小説における亡霊。

——虚栄心、慎み深さ、少年愛、少年愛の欠如、自殺。


われわれがこのリストを読み聞かせたごく少数の友人たちは、一様に不快の表情を浮かべた。おそらく彼らは、われわれが不遜にも文学の立法者をもって任じていると考えたのかもしれないし、ひょっとすると遅かれ早かれ、自由にものを書く権利を彼らから奪い去ってしまうのではないかという危惧を抱いたのかもしれない。あるいはただ単に、内容が理解できなかっただけのことかもしれない。この点については彼らにも一理あると思う。というのも、この一覧表には明確な統一的基準というものが存在しないからである。そこには、しごく妥当な文学上の手法や手段などが記されている一方、反論の余地のある実践的な助言も少なからず含まれている。われわれ三人が構想を練ったこの短篇小説がもし完成していたならば、読者はおそらく、先の禁忌を書き連ねた人物、まとまった作品を書き残すことなく世を去った文学者の運命のなかに、完全なる明晰さを保ったまま筆を走らせることが不可能であることの十分な理由とその根拠を見出したことであろう。

ところで、一覧表に登場するメナールは、『ドン・キホーテ』の著者、ピエール・メナール」の主人公と同一の人物である。かたや出版され、かたや未完に終わったこれら二つの作品は、同じ年のほぼ同じ時期に構想が練られた。私の記憶が正しければ、先の一覧を書き記した同じ日の午後に、ボルヘスは「ピエール・メナール」の構想を私たちに打ち明けてくれたのである。

ボルヘスはつねに、驚異的な熱意と集中力をもって自らの関心に向き合った。私の記憶のなかのボルヘスは、チェスタートンやスティーヴンソン、ダンテ、それに一連の女性たち（いずれもボルヘスにとってかけがえのない存在だった）、語源学、古英語などに熱中し、文学を心の底から愛していた。文学への情熱はしばしば周囲の人間を困惑させるものであり、世人はきまって書物と実人生の二律背反を持ち出すものである。ボルヘス自身、『汚辱の世界史』の序文のなかで、初期作品について以下のように語っている。「それらはいずれも心理主義の作品ではないし、またそう見せる意図ももたない」。[*21] 批評家たちはある時期から、ボルヘスが作中人物よりもプロットの構築に興味を抱いているように見える事実に着目し、生身の人間よりも作品の構造をめぐる知的遊戯をはるかに重んじるボルヘスの嗜好を云々しはじめた。しかしながら、これとまったく同じことが、たとえば『千一夜物語』の無名の作者たちにも当てはまるのではないか。要するにボルヘスは、偉大なる小説家や短篇作家たちの伝統を、さらにいえば、物語の語り部の伝統をしっかりと受け継いでいるのである。

原註1　「書物と友情」（『もうひとつの冒険』ブエノスアイレス、一九六八年）より。

16

かねてから望んでいた、そして実際にすばらしかった農場での生活は、自分が経営者としての資質に恵まれていないという確信と同時に、五年にも及ぶ執拗な頭痛を私にもたらした。逆症療法家や同毒療法医、臨床医、胃腸の専門医、精神科医など、さまざまな医者を渡り歩いた私は、ある日、ルシオ・ガルシア博士のもとを訪れ、長年の苦しみからようやく解放された。彼はまさに名医だった。博士の下す診断は正確無比で、治療の腕前はじつに鮮やかなものだった。彼の手にかかると、医学は洗練された芸術の域に達するのだった。

執拗な頭痛や経営者としての数々の失敗にもかかわらず、パルドで過ごした歳月はすばらしい思い出を私に残してくれた。すでに述べたように、農場ではたくさんの本を読み、それまでの失敗を補って余りある作品を書くこともできた。『モレルの発明』がそれである。この作品を仕上げるために、私は作家としての自分のあり方を根底から見つめなおす必要があった。それまでの私は、いわゆる粗製濫造を事とする作家だった。これからは良質の作品を一冊でもいいから書けるようになりたい。作品というものは書き手の人間性を映し出す鏡であるから、まずは自分自身を変えなければならない、私はそう考えた。結果的にそれはうまくいったように思う。

リンコン・ビエホでの生活を通じて、シルビナは次第に絵画から離れ、執筆に専念するようになった。

彼女の最初の作品は、『忘れられた旅』というタイトルの短篇集である。私はシルビナの導きによって、コクトーやジッド、ロジェ・マルタン・デュ・ガール、ヴァレリーといったフランスの現代作家の作品に親しむようになった。当時の生活を振り返ると、シルビナが好んでいたコクトーの詩の一節が思い浮かぶ。

あわれ哀れな人魚たち
またユリシスの一党が君らの所へやって来る
みんなで用心するがいい
あのあらくれた男らは海の遠くの異国から
シフィリスのものの哀れを持って来る[*22]

ある日、フィゲロア・アルコルタ通りからパレルモへ向かって車を走らせているとき、シルビナは非常に美しい詩の一節を口ずさんだ。それはのちに『祖国一覧』に収められることになるが、それが彼女の作であることを直感した私は、賞賛の言葉を惜しまなかった。

私はリンコン・ビエホ農場で親友のオスカル・パルドに告げた。

「ぼくらは結婚 casar するんだ。そのつもりでいてくれ」。

すると、彼は急いで自分の部屋へ駆け込み、猟銃を抱えて戻ってきた。どうやら彼は、狩猟 cazar に行くものと勘違いしたようである。私たちはラス・フローレスで結婚式を挙げた。オスカルのほかに、ドラゴ・ミトレとボルヘスが立ち会ってくれた。式が終わると、われわれは皆で地元のベテレ写真店を訪れ、記念撮影を行った。シルビナとの関係を振り返ると、私は彼女に対してひどい仕打ちをしてきたのではないかと思うことがある。というのも、私は結婚してからもほかの女性との恋愛を重ねてきたからだ。あるとき私が、「愛している」とシルビナに告げると、彼女はすかさず、「わかってるわ。あなたはこれまで数え切れないくらいたくさんの恋をしてきたけれど、いつも私のところへ戻ってきたじゃない。私のことを愛している何よりの証拠よ」と答えた。

ちょうどそのころ、あるいはもう少しあとのことだったかもしれないが、私はボルヘスと共同で『幻想文学選集』の編纂に取り組んだ。それはまことに楽しい仕事で、自分たちのお気に入りの作品を読者にもぜひ味わってもらいたいという思いから生まれた企画だった。われわれは編纂の仕事をつづけながら、選集が完成した暁には、収録された作品のすばらしさをアルゼンチンの作家にも十分に理解してもらえるにちがいないと語り合ったものである。

私たちはこの選集のために、キップリングの「世界で最も美しい物語」、マックス・ビアボームの「イーノック・ソウムズ」、サキの「スレドニー・ヴァシュタール」、メイ・シンクレアの「胸の火は消えず」、ウェルズの「故エルヴィシャム氏の物語」(これよりも出来のよいウェルズの作品を選ぶべきだったと私は思っている。信じがたいことにボルヘスは、この作品に漂う陰惨さに惹かれていた。私はいまだにそれが好きになれない)、ダンセイニ卿の戯曲「旅宿の一夜」、オニールの「十字が記されている場所」、W・

W・ジェイコブズの「猿の手」といった作品を翻訳した。この仕事は私にとって非常に有益な修練の場となった。翻訳という作業にはつねに、あまたの文学的困難がつきまとう。ボルヘスと一緒にそれらの問題を一つひとつ解決していくことは、私にとって大きな喜びであった。

『幻想文学選集』がそれなりの成功を収めると、ボルヘスと私はつづけて新たな選集の編纂にとりかかった。われわれが手がけた第二の、そして最後となった選集は『詩選集』と銘打たれたが、これは、語の正確さよりも音の響きを重視する出版社の意向によるものだった。この本は残念ながら前作ほど評判にならなかった。

それから数年後、私たちは『幻想文学選集』の出版を担当したロペス・リャウサス氏に、選集の続篇の企画を提案した。ところが彼は、『幻想文学選集』が商業的には失敗に終わったという理由を挙げて私たちの提案を受け入れようとはしなかった。さらに数年が経過したある日、今度は彼が私を呼び出すと、出版社の株を買い取ってくれるようにシルビナを説得してほしいと私に頼み込んだ。彼はそのとき、『幻想文学選集』を含め、出版社が手がける本はすべて好調な売れ行きを示していると断言した。このエピソードはなにも、彼が不誠実な人間であることを示しているわけではない。私が続篇の出版を持ちかけたとき、彼はあくまでも買い手として慎重な態度を示したということであり、一方、株の購入を私に打診してきたときは、売り手としてオプティミスティックな態度を示したというだけのことである。私はその話に乗らないようシルビナに助言した。買い手として私が慎重だったからというわけではなく、いかなる作家といえども、同業者の本の売り上げに頼って生計を立てるべきではないとつねづね考えていたからである。もちろんブラウニングのような例があることは承知している。彼は知り合いの作家や芸術家たちのために、経営者としての才能を遺憾なく発揮したのであった。株の購入の話を断ってからも、ロペス・リャウサスとの関係は険悪になるどころか、ますます親密なものとなった。その後、ボルヘスと私はクラリダー社の社長に本の出版を持ちかけた。彼はボタン穴にカーネーションを挿した姿で私たちを出迎えてくれたが、その背後の壁には、やはりボタン穴にカーネーションを挿した人物の巨大な油絵がかかっていた。本の出版の話は結局まとまらなかった。

17

私は吉報に接すると、当然のことながら上機嫌になるし、悪い知らせに接すると不愉快な気分に襲われる。精神分析医としてかれこれ十年あまり私のことを観察してきたある女性は、私がきわめて健常な人間であることを周囲の人々に語っているそうである。一方、これまで何度か私に関する取材記事を書いたことのある知り合いの女性は、精神分析医の診察を受けている患者としての立場から、私がやはり精神分析のお世話になっている患者のように見えると話してくれたことがある。

本を出版するということは、衆人の評価に身をさらすことを意味する。私は、はじめの六つの作品を発表したとき、ひとつのジレンマに陥った。つまり、辛辣な批評に今後とも耐えていくべきか、それとも潔く筆を折るか、二者択一を迫られたのである。あるいは、先の長い私のような若者にとってはよりいっそう不幸なことだが、おのれの能力の限界を早くも思い知らされたと言うべきかもしれない。幸いにして私は、不出来な作品が必ずしも作者の無能を証明するわけではないと思えるようになった。成功と同じように、失敗の場合にもそれなりの理由があるはずである。ラモン・イ・カハルだったと思うが、あらゆる決断は宙に身を躍らせるようなものだという名言を残している。

私は読者に対し、欠点だらけの作品を立て続けに六冊も発表したことについて深い負い目を感じている。ある意味において、それは私にとって有益な体験だったともいえる。というのも、批評家による酷評をそれほど気にかけないという賢明さを身につけることができたからである。自分の作品について何らかの欠陥や誤りが指摘されたとしても、私はけっして不愉快な気分に陥ることなく、喜んでその指摘に耳を傾けようとするだろう。

カサーレス家の兄弟をつねに誇りにしていた私の母に言わせると、ビオイ家の私の伯父たちが没落したのは、家の廊下に置かれた藁製の椅子に悠々と腰かけながら農場経営の采配を振っていたからである。やはり農場の屋敷の廊下にしつらえられた藁製の椅子に腰かけてリンコン・ビエホ農場の経営にあたっていた私は、一九三七年ごろに『モレルの発明』の着想を得た。それは、ヴェネツィア製の三面鏡のなかに次々と畳み込まれていく母の部屋の像《イメージ》を目にしたときに私を襲った不思議な感覚に由来するものであろう。ボルヘスは「トレーン、ウクバール、オルビス・テルティウス」のなかで、性交と鏡は忌わしいものであると私に言わせている。あのようなすばらしい作品のなかに実名で登場する栄誉を私に授けてくれたボルヘスに対しては感謝の念を禁じえないが、じつをいうと私はこれまで一度も、鏡と性交に対して嫌悪を覚えたことはない。私にとって鏡とは、めくるめく幻想的な冒険、鮮明であるがゆえにえもいわれぬ不思議な冒険へと誘う通過路なのである。ちょうど鏡が物体の姿を忠実に映し出すように、私たちの五感あるいはそれ以上の感覚にリアルに訴えかけるようなかたちで人間の姿を人工的に再現する装置という着想は、こうして小説の主要なテーマの位置を占めるに至った。最初は、ボルヘスの流儀に倣って、装置の発明に関する擬似エッセーを書くことも考えた。しかし、作品の構想が小説としての展開の可能性を秘めていることを予感した私は、その考えを改めた。そして、物語の語り手でもあり主人公でもある人物が官憲に追われる身であること、絶海の孤島に放置された再生装置が潮の干満を動力として作動することなど、いくつかのアイデアが浮かんでくるにしたがって、作品の構想もよりいっそう具体的なものとなっていった。

ネストル・イバラはかつて、『モレルの発明』は恣意的な要素を完全に排した作品であると評した。それこそ私が意図したことであり、イバラの評言は正鵠を射たものというべきであろう。というのも、物語のあちこちに恣意的な要素がちりばめられ、それが無意味であるどころか逆に物語としての生命力を作品全体に及ぼしていくような、そうした小説を書くことは、私にはかえって困難なことに思われたからである。

私は『モレルの発明』を書き進めながら、巧妙に書くことよりも間違いを犯さないことに意を注いだ。それはあたかも、私自身が何らかの伝染病に侵されていて、それが作品に感染しないように細心の注意を払うようなものだった。私は短い文章を書くことを心がけた。というのも、長い文章を書くとどうしてもうまくいかない場合が多いからである。こうした努力は結果的に多くの読者の不興を招くことになってしまったかもしれない。ボルヘスはこの作品に寄せた序文のなかで、「みごとな筋の小説」と書いているが、これは、文体については判断を差し控えるということを暗に示しているように思われる。

18

私の家族が早くからオカンポ姉妹に親近感を抱き、尊敬の気持ちを寄せていたこともあって、私はごく自然に文芸誌〈スル〉の周囲に集まる文学者たちに対しても親しみを感じるようになり、この雑誌の誕生をとりわけ意義深い出来事として歓迎する気持ちも強かった。しかしながら、彼らと完全に意気投合するわけにはいかなかった。一番の理由は、レイエス流の言い方にしたがえば、文学的嗜好の相違にあった。この点に関してわれわれのあいだに妥協の余地はなかった。彼らが好むのは、ジッドやヴァレリー、ヴァージニア・ウルフ、ハクスリー、サックヴィル＝ウェスト、エズラ・パウンド、エリオット、ウォルドー・フランク（私には彼の作品はほとんど理解不能だった）、タゴール、カイザーリング、ピエール・ドリュ＝ラ＝ロシェルといった作家たちだった。このなかに私のお気に入りの作家を探すとすれば、おそらくエッセイストとしてのハクスリーを除けばひとりもいなかった。たしかに私はヴァレリーを高く評価していたが、それは彼が書いた作品の真価によるというよりも、彼が綿密な配慮を重んじる作家の典型に属しているという理由からであった。私の母とシルビナは、時代の流行に左右されることなく、もっぱら自らの好みにしたがってヴァージニア・ウルフの作品に親しんでいたが、この女流作家の作品のなかで私の興味を惹きそうなものは残念ながら一冊も見当たらなかった。あの『オーランドー』でさえ私はどうしても好きになれなかった。この小説についてボルヘスは、自ら翻訳したことがあるにもかかわらず（ある作品が翻訳者に気に入られるには、よほどすぐれた作品でなければならない）、いつも手放しで称賛するのだった。もちろんボルヘスは、イギリス人の好む表現にしたがえば、この作品を「代理で」翻訳したものと思われる。つまり母親の代わりに、ということである。

私はつねに、ビクトリア・オカンポ、あるいは〈スル〉の周囲に集まる文学者たちと自分とのあいだに深い溝が横たわっていることを感じていた。当時の私は、未熟な作品を書き散らす無名の新人作家にすぎず、小心であるがゆえにかえってぞんざいな口をきくような、また、相手の心情を忖度した当意即妙の受け答えが満足にできないような若者だった。私はただ押し黙ったまま不満を募らせるばかりだった。彼らは、先に挙げた作家たちを称揚する一方、ウェルズやショー、キプリング、チェスタートン、ジョージ・ムーア、コンラッドといった作家たちには目もくれようとしなかったが、それこそ私には常軌を逸した態度に思われた。アルゼンチン文学とスペイン文学についても、私は彼らの見解に同調することができなかった。彼らに言わせると、ボルヘスは恐るべき子供enfant terribleであり、ウィルコックは愚劣な作家であり、オルテガ・イ・ガセットは他の追随を許さぬ名文家であり、あの哀れなカルロス・アルベルト・エロは堅実な思想家ということになるのであった。

私はつねづね、彼らがすでに功なり名遂げた作家たち、いわゆる教養人《ハイ・ブラウ》のあいだでもてはやされる「立派な」作家たち、生まれがいいとか金持ちとかいうのではなく、あくまでも知識人たちに定評があるという意味で「立派な」作家たちばかりを高く評価するきらいがあると感じていた。そうした価値判断が彼らのあいだではすっかり定着しており、私は内心、文学を本当に愛する人間ならば、文学そのものにかかわる判断基準を重んじるべきではないかと考えていた。

ある雑誌でイギリス文学特集が組まれたとき、ボルヘスと私はそのための作品選定を委ねられた。ところが、私たちが選定した作品のほとんどは、何の説明もないまま無視されたり、あるいは別の作品に勝手に差し替えられたりした。その理由は最後まで明らかにされなかった。例外的に掲載が許されたのは、ジョージ・ムーアの「テキサスのエウフォリオン」、イーヴリン・ウォーの「ディケンズを愛した男」、バーナード・ショーの「バニヤン」、チェスタートンの「部族の勝利」、シルビナが翻訳したハウスマンの詩「遠き大地の夢」だった。これらの作品の掲載を認めてもらったことの代償というわけではもちろんないだろうが、のちにアメリカ文学の特集が組まれたとき、私たちは自分の好みに合わない作品の翻訳を引き受けさせられた。そのなかには、もちろん最悪の作品というつもりはないが、〈V書簡〉なるものが登場するカール・シャピロの詩が含まれていた。ボルヘスも私も、アメリカ軍の兵士が家族へ宛てて送ったマイクロフィルム版の手紙がそのような名前で呼ばれることを知らず、てっきり〈勝利〉を意味するVだと思いこんでしまった。そのような見当外れの解釈を行ったからといって、べつに意趣返しをしたかったわけではない。

三〇年代の終わりごろ、私はカフカの存在を知った。『変身』の評価をめぐって私とボルヘスの意見は食い違った。ボルヘスによると、『変身』はカフカの短篇のなかでもっとも出来の悪い作品ということになるが、私にとってこの作品は、カフカの最高傑作にほかならなかった。また、私は初めてヘンリー・ジェームズの作品を読んだときから彼の文業を高く評価しているが、レベッカ・ウェストに言わせると、『ねじの回転』はジェームズの作品のなかでも最大の失敗作ということになる。ところが私にとってこの作品は、唯一の最高傑作ではないにせよ、数ある秀作のひとつに数えられるべきものである。ホセ・ビアンコは、じつに見事にこの作品をスペイン語に移しかえた。有能な作家であり愛すべき友人のひとりでもあったビアンコは、〈スル〉が成し遂げたすばらしい業績の多くにかかわった重要人物である。彼は、雑誌の編集のかたわら、有名作家の文章を手直しすることまで行った。ビアンコのおかげで、彼らはまともな文章を発表することができたのである。雑誌に掲載された自分の文章がじつはビアンコによる修正を経たものであることに気づかないふりをする作家もいれば、実際に気づかなかった作家もいたようである。

19

ボルヘスは、シルビナ・ブルリッチの紹介でエメセ社の仕事に参加するようになったが、まったく同じ条件でこの私も採用するように出版社に掛けあってくれた。

ボルヘスと私はまず、〈大全〉と名づけられた古典文学シリーズの出版を企画した。私たちがめざしたのは、いわゆる古典文学の大黒柱と目されている有名作家たちがじつは独創性に富む魅惑的な作品を書いていることを一般の読者にもわかってもらうことであったが、むろん、そのことを通じて新たな文学的発見の喜びを味わってほしいという思いもあった。古典文学への情熱を読者と分かち合いたかったのである。さて、ボルヘスと私の共同作業は、もっぱら私の仕事部屋で進められた。私たちは毎晩のように、ときには昼間から顔を合わせ、作品の注釈を執筆したり、不明な箇所を調べ上げたり、引用文の典拠を明らかにしたりする作業に没頭した。エメセ社のスタッフのなかには、かつて神学を勉強したことがあるというスペイン人がいたが、彼はプロテスタントの作家や、十七世紀以降に活躍した作家については、つねに不信と猜疑の目を向けていた。おかげで私たちは多少の困難に逢着することになった。ところで、出版社の権威を高めることになるという理由からこうした野心的な企画が好意をもって迎えられる時期はとっくに過ぎ去っていた。もちろん、私たちが選定した作品がかりに出版されなかったとしても、私にとってこの仕事はまったく無意味ではなかったであろう。ボルヘスとの共同作業はつねに最大の喜びであり、有益な学びの場を提供してくれるものだった。私はボルヘスから、けっして記憶には頼らずいちいち原典にあたることの大切さを学んだだけでなく、現代人の卑俗な生活から距離を置くことの必要性を教えられた。ボルヘスの考えでは、われわれ現代人は知的所有権を強欲に主張するあまり、独創性という名のさもしい所有欲にとらわれ、きわめて狭い自己の殻に閉じこもってしまっている。われわれはもはや、いにしえの作家たちのように、文学という広大無辺の領野に遊ぶことを知らないのである。もちろん、現代の生活から逃れるといっても、それは限定された意味において理解されねばならない。私たちは好むと好まざるとにかかわらず、時代のただなかに投げ込まれている。ちなみに私自身は、創意に溢れた人間をもって自任している。実際のところ、次々と浮かんでくるアイデアをすべてノートに書き記すことなどとてもできないほどである。古典を模倣したり焼き直したりするような時間的な余裕は私にはない。しかし、かりに誰かがそれを行ったとしても、剽窃だといって非難するつもりはまったくない。独創性のみを追求することが唯一の正しい道とはかぎらないのである。

私たちが企画した〈大全〉のなかで日の目を見たのは、ほんの僅かな注釈を加えたケベードの巻である。私の記憶が正しければ、豊富な注を添えて入念に準備した『機智と才知の技法』は結局出版されなかったし、サー・トマス・ブラウンの論考もやはり刊行には至らなかった。

ところで、〈大全〉の出版計画が遅々として進まない時期があった。ある日、風邪で寝込んでいた私は、〈大全〉に収録される作品ほど権威のあるものではないかもしれないが、ボルヘスと私が精通しているもうひとつのジャンルの双書ならば、それほど費用もかからないだろうし、出版社もあるいは乗り気になるかもしれないと考えた。私たちはさっそく、候補となる推理小説のリストを作成した。再び健康を取り戻した私は、出版の可能性をエメセ社に打診してみた。彼らは首を横にこそ振らなかったものの、双書にはボルヘスと私の名前だけを載せ、出版社の名前はできれば伏せておきたいという希望だった。さっそく候補作品のタイトルが方々から寄せられた。おのおの自分の気に入りの推理小説を推薦してくるのである。もっともその多くは、生まれて初めて手にした推理小説か、あるいはかつて読んだことのある唯一の推理小説ということらしかった。自分の推す作品が採用されなかったことに不満を抱いていた人たちも、双書の大々的な成功にはすっかり気をよくした。おそらく〈大全〉にとっては致命的ともいうべき成功だった。というのも、商業的成功の美酒に酔いしれた出版社は、労力を要するわりに売れ行きの見通しが立たない古典作品の出版という冒険的事業に再び着手する意欲を次第に失っていったからである。

ボルヘスの発案により、その双書には、ダンテが描いた恐ろしい「暴力者の圏」から着想を得た〈第七圏〉という名前が与えられた。チェスのナイトの標章を提案したのもボルヘスであるが、これは以前、ナイトの標章にちなんだタイトルを双書につけようと二人で相談していたときにボルヘスが考え出したものである。ホセ・ボノーミによる表紙デザインもすばらしく、双書の大々的成功も彼の功績に負うところが大きい。

エメセ社での仕事を通じて私は多くのことを学んだ。なかでも小説の粗筋を手際よく紹介する技術を身につけることができたのは大きな収穫である。物語の大まかな流れを素描するだけで十分であり、限られた紙幅のなかでストーリーの詳細に立ち入ると、錯綜した事実の単なる羅列に終わってしまうことになり、それが読者の興味を削いでしまうことを学んだのである。また、それまであまり意識することのなかった著作権の問題（これは、初版五〇〇部で終わってしまうような当時のアルゼンチンの作家のすべてに共通する無知だった）について真剣に考えるようになったことも大きな成果である。私たちは、〈第七圏〉に加えるつもりでいた小説が必ずしもこちらの思い通りにならない場合があることを知った。たとえば、ボルヘスも私も、アガサ・クリスティの『アクロイド殺人事件』を双書に加えることを考えていた。というのも、アガサ・クリスティの作品のなかでそれが唯一私たちの興味を惹くものだったからであり、また、推理小説のジャンルにおいてこの作品が重要な位置を占めているからでもあった。つまり、物語の語り手がじつは真犯人であったというからくりを最初に提示した記念すべき作品と目されていたのである。

残念ながら、アガサ・クリスティの作品はすべて、別の出版社がすでに著作権を取得していた。私たちが出版を断念せざるをえなかったもうひとつの作品は、ミルワード・ケネディの『救いの死』である。この痛快な小説を薦めてくれたのは、アレホ・ゴンサレス・ガラーニョ（息子）であり、知性あふれるこの若者の詩をわれわれはかつて〈時機はずれ〉に掲載したことがあった。それは次のような詩句を含むものである。

ところで、『救いの死』の出版権を得るためにエージェントとの交渉を重ねていた私たちは、〈インターナショナル・エディターズ〉のコスタ氏とロレンソ・スミス氏から、当該作品の版権がすでに司法判断によって売買の対象外とされていることを知らされた。ちなみに、この小説の主人公である滑稽きわまりないアモール氏は、まじめで好奇心が強く、つましい生活を送っていたが、ある殺人事件に巻き込まれてしまう。ボルヘスも私も、この主人公が作者の知り合いの誰かをモデルにした人物ではないかと考えていた。事実、この作品によって作者は名誉毀損の罪で訴えられているのである。小説家の口からこんなことを言うと不謹慎に聞こえるかもしれないが、主人公の人物描写は、実在の人間をモデルにしているとしか思えないほど非の打ちどころのないものである。

ある不可解な理由によって、イーデン・フィルポッツの『トリカブト』Monkshood（毒性のある植物のことで、私はこれをどうスペイン語に訳すべきか知らない）の刊行も見送られた。フィルポッツはボルヘスのお気に入りの作家で、われわれはこの作家のほかの作品をいくつか出版することができた。ところが、エメセ社はどうしても『トリカブト』の出版に踏み切ろうとしなかった。『トリカブト』は、取り立てて物議をかもすような作品でも、政治的な意図を秘めた小説でもなかった。おそらく、ボルヘスと私がこの作品に異常な執着を示したことが不審を招いたのだろう。考えられるもうひとつの理由は、双書の成功にすっかり気をよくした私たちの増上慢を彼らが戒めようとしたというものである。これについてはは思い当たる節がなくはない。というのも、私たちが手がけた双書は、エメセ社の同種の企画のなかで唯一成功を収めたものだったからである。それ以外の企画がすべて失敗に帰したのも驚くにはあたらない。たとえばちょうどそのころ、ハイメ・バルメスの全集を嚆矢とする〈世界の名作シリーズ〉が企画された。最初はバイロンの『生涯』が候補に挙がったが、結局、カノバス・デル・カスティーリョ[*23]の自伝が選ばれることになった。ある日、編集者たちが私のところへやってきて、コンラッドがすぐれた作家であるかどうか私の意見を求めた。コンラッドは間違いなく一流作家であると答えると、彼らはそれを信用せず、エスパサ社の百科事典を調べはじめた。コンラッドに関する記述がごく短いものであることを知った彼らは、私に対する疑念をますます強めたようである。ところが、まことに幸いなことに、補遺の巻にあたることを私が勧めると、彼らはそこにコンラッドに関する詳細な記述を見出した。そしてすぐに、誰のスペイン語訳だったかもう思い出せないが、コンラッドの全作品を買い揃えたというわけである。

〈第七圏〉に話を戻すと、私たちはフィルポッツの『ディグウィード氏とラム氏』とラストガーテンの『ここにも不幸なものがいる』の二作を双書に加えることができたが、エリック・アンブラーの作品をはじめとするいくつかの小説については、版権を取得することができなかったため、刊行をあきらめなければならなかった。フランシス・アイルズの筆名でA・B・コックスが書いた特筆すべき作品、犯罪事件を淡々と描くだけで謎の解明にはいっさい踏み込まないいくつかの小説についても同様だった。その代わり、この作家がアントニー・バークリーの筆名で発表した数点の小説を刊行することができた。そのなかにはあの秀逸な『毒入りチョコレート事件』も含まれている。ヴェリー[*24]の作品からは、ジャック・ベッケル監督の映画『赤い手のグッピー』の原作としても知られる『グッピー一族』を選定した。アルゼンチンとウルグアイの作家の作品もいくつか双書に加えることができた。マリア・アンヘリカ・ボスコの『昇降機の中の無残な死』、ペイロウの傑作『薔薇の喧騒』、シルビナと私の共作『愛する者たちは憎しみを抱く』、エンリケ・アモリンの『不寝の暗殺者』などである。ちなみにアモリンは、双書に加えられた作品のなかでH・F・ハードの『蜜の味』を高く評価していた。その理由は、アモリンのエル・サルトの自宅に養蜂場があったからである。プロの作家がそのような理由から特定の文学作品を好むようになるというのが私にはなんともおかしかった。時とともに私は、そうした取るに足りない理由がじつはわれわれの好みを左右する重要な要素であるという確信をますます深めるようになる。

双書の記念すべき第一作目に選ばれたのは、C・D・ルイスがニコラス・ブレイクの筆名で発表した『野獣死すべし』であったが、これは発売早々大きな反響を呼んだ。ボルヘスはこの作品の刊行に必ずしも乗り気でなく、むしろディクソン・カーの『黒眼鏡』やロラックの小説を推していた。一方、私は、リン・ブロックの『ラムセ氏の長い探索』やマイケル・イネスの『塔と死』に愛着を感じていた。後者については、私の短篇「女たちのヒーロー」における冬の田舎の情景描写におぼろげながらその影響がうかがえる。

当初、ボルヘスも私も、フランスの暗黒小説《ロマン・ノワール》の生みの親であり、世界的な人気を博していたアメリカのハードボイルド作家たちの作品を〈第七圏〉に加えることはまったく考えていなかった。流行作家の作品が必ずしもいいものとはかぎらないからである。

このジャンルの作品のなかで、もっとも早く私たちの手許に——ブエノスアイレスに、と言い換えてもいいが——届いたのは、イギリスの作家ジェイムズ・ハドリー・チェイスの『ミス・ブランディッシュの誘拐』だった。この作品には、同種の多くの作品がそうであるように、巧妙な仕掛けが施されているわけでもなければ、記憶に値する筋立てが用意されているわけでもなく、もっぱら読者のイマジネーションを強烈に刺激するエロティックな場面がふんだんに盛り込まれている。この小説はまさに、性描写を大胆に試みた画期的な作品として記憶されているのである。

ボルヘスも私も、ダシール・ハメットや、どこにでもいそうな好感のもてる探偵像を創出したレイモンド・チャンドラー、あるいはピーター・チェイニイ(多くのハードボイルド作家たちはイギリス出身である)やウィリアム・アイリッシュ、また、プロットの構築や人物描写よりもいかに早く作品を完成させるかに意を注いだにちがいないアール・スタンリー・ガードナーなどの作品を読んだ。

ボルヘスによると、推理小説を読むことを十分に正当化する理由のひとつに、この大衆的なサブ・ジャンルが、数々の謎を巧妙に仕掛けるための知性を作者の側に要求し、読者に対しては注意深い読解を促すことによって、巧みに構築されたプロットを味読する能力を養ってくれることが挙げられる。こうした要素を欠くならば、エロティックな場面をふんだんに盛り込んだところですぐれた作品は書けないだろうし、結局のところそうした安易な手法は、昔はそれなりに新味のあるものとして注目を浴びたにすぎないということになる。ボルヘスはチャンドラーの作品も好まなかった。彼に言わせると、フィリップ・マーロウは忌まわしい悪漢にほかならなかった。一方、私は、この登場人物に魅力を感じており、そのぞんざいな性格は、たとえばアルトゥーロ・カンセラ[*25]の短篇小説にブエノスアイレス出身の男として登場してきてもそれほど不思議ではないと思わせるものである。しかしながら、この主人公のうちに私が見出した魅力は、残念ながらチャンドラーのほかの登場人物には見られない。彼の作品に登場する悪漢の多くは、私にはいつも単純で図式的な、どことなく戯画化された作り物のような印象を与える。いわば紋切り型の悪党たちであり、現実味に欠けるのである。同じ悪党でも、たとえばアンソニー・ギルバートやイーデン・フィルポッツの作品に登場する悪党たちのほうがはるかに現実味があり、複雑な人間性を備えている。

再び〈第七圏〉に話を戻すと、ボルヘスと私は、アメリカの作家の作品からジェイムズ・ケインの小説を三つ選んだ。ひとつは『郵便配達は二度ベルを鳴らす』であり、ボルヘスも私もその巧妙なプロットを高く評価していた。チャンドラーの作品からは『湖中の女』を選んだ。

映画に魅了されたということもあるが、私たちはハメットの『マルタの鷹』を双書に加えることを望んでいた。しかし、やはり著作権を得ることができず、断念せざるをえなかった。同じ理由から、エラリー・クインの作品も刊行することができなかった。ドロシー・セアーズの小説も同様だったが、それは単にわれわれの好みに合わなかったからである。

作品の選定にあたり、事件の謎が見事に解明されていることが必須条件となることはなかった。採用された作品の多くは、犯罪をめぐる興味深い逸話を巧妙につづったものであり、それを読んだ人は、生き生きとした筆致で描かれた登場人物たちの姿を思い浮かべながら繰り返し誰かに物語の内容を語り聞かせたくなるにちがいない。その最たる例がリチャード・ヘンリー・ハルの『わたしを殺した者』であろう。物語の語り手でもある主人公は、作者と同じリチャード・サンプソンという名の男である（リチャード・ハルというのは作者のペン・ネームである）。主人公は、規律と秩序を重んじる几帳面な性格から、ずっと一人暮らしをつづけている。規則正しい生活やきちんと整頓された部屋などを他人にかき乱されるのが我慢できないのである。物語の冒頭、仕事を終えて帰宅したサンプソンが自宅の玄関ホールに足を踏み入れると、なぜかそこに知り合いのアラン・レンウィックが立っている。サンプソンは普段から彼に親しみを感じることができなかった。大柄でがっしりとした体格のレンウィックは、サンプソンが翌日の朝食のために取っておいたパンと卵を平らげると、大量のウイスキーを飲み干し、しばらくのあいだ家にかくまってほしいと頼み込む。というより、警察の捜査が一段落するまでここに身を隠すつもりだと一方的に宣言するのである。レンウィックは殺人の罪で警察に追われているのだ。こうして、奇妙ではあるが現実味のある、そして取るに足りない些細な出来事に彩られた共同生活が始まる。ところが、サンプソンは次第に苛立ちを募らせていき、ついにレンウィックを無き者にしてしまう。招かれざる客に悩まされたことのある人なら誰でもこの小説を楽しく読むことができるだろう。

ほかにも、推理小説というジャンルに属するがゆえに不当な忘却を強いられている秀作をいくつか

〈第七圏〉に加えることができた。推理小説というジャンルは、多数の読者の支持を得ているにもかかわらず、生真面目な人々には必ずしも歓迎されないものなのである。

20

一九三二年、ビクトリア・オカンポの家に昼食に招かれたとき、私はボルヘスに紹介された。いまでもその日付をはっきりと覚えているのは、ちょうどその前日に「われわれの不可能性」と題されたボルヘスのエッセーが発表されたからである。ボルヘスはその小論のなかで、政治に関して首尾一貫した態度や明晰な判断力を持することの不可能性について論じていた。ボルヘスに会う直前にエッセーに目を通していた私は、それについて彼と語り合った。

ボルヘスは、年少者の私を相手に熱心に話しこんだ。そもそもビクトリア・オカンポが私を食事に招いたのは、彼女の知り合いであった私の母が、息子が何やら執筆に励んでいるらしいことを彼女に伝えたからであろう。テーブルには、そのときたまたまアルゼンチンに滞在していたフランス人の作家が同席していた。日頃から命令口調で話すことを習慣としていたビクトリアは、「いいかげんに内緒話はやめて、少しはそちらの方とお話をしたらどうなの?」と口を挟んだ。ボルヘスは気分を害したのか、おもむろに席を離れようとしたが、目が悪い彼は電気スタンドにつまずくと、それを床に倒してしまった。このちょっとした出来事は、私たちのあいだに共犯意識のようなものを芽生えさせた。

私はけっして栄光や名声といったことを意識したことはないが、そのこともまたボルヘスと私を結びつける大きな要因となった。私たちはつねに、自分にとって大切なことととそうでないことをはっきり区別するように心がけていた。われわれにとっては文学こそすべてであり、文学的着想や哲学、真理の探究こそもっとも重要なことであったのだ。

私にとってボルヘスは、いわば文学そのものを体現した存在であり、彼はおそらく、文学に対する情熱をこの私もまた共有しているはずだと確信していたにちがいない。われわれにとって何よりも大切なのは、物事をきちんと理解するということだった。いかなることであれ、それについて二人で熱心に語り合うことは無上の喜びだった。ボルヘスも私も、理解するという行為に不可欠のものとして、とりわけ知性の働きを重視していた。どちらが話し手の役割を演じるかはまったく問題ではなく、ある事柄についての真実をしっかり見極めることが肝要だったのであり、それがまた私たちの知的好奇心を大いに刺激してくれた。ボルヘスとの交友は私にとっては天恵にも等しく、文学こそすべてであるという信念に貫かれた彼のような人物に出会うのは生まれて初めての経験だった。ボルヘスにとって文学とは、この世でもっとも現実的なものであり、彼は自分が読んだ本の内容について、あたかもソクラテス以前の哲学者のように、現在進行形の出来事として生き生きと語り聞かせてくれた。たとえば、ある作品の執筆に共同で取り組んでいるとき、彼は私の家へやってくるなり、「ついさっきまで彼と一緒にいたんだが、私にこんなことを言うんだ」と告げるのである。「彼」というのは、私たちが共同で書き進めていた物語に登場する作中人物のことなのだ。

ボルヘスは、私が彼にとって理想の同伴者であることをほのめかす術にも長けていた。実際のところ、私は自分がそれ以外の存在であると思ったことは一度もない。ボルヘスはおそらく、理想のパートナーとしての資質が私に備わっていることを見抜いていたのであろう。うぬぼれるつもりはまったくないが、彼は私の知性から少なからぬ刺激を受け取っていたはずである。二人の人間が対等の友人として親密に付き合うとき、相手の知らないことを互いに教え合うという関係が生じる。そうでない場合は、友人同士の関係ではなく、師と弟子のような上下関係が生まれてしまうだろう。ボルヘスは、自分が凝った言い回しやバロック的な表現を好むのに対し、私がそうした文体にまったく興味を示さないことに気づいていた。事実、私は単純明快な表現を好むところがあり、そのことは、洗練された作為的な文体を偏愛するボルヘスに有益な影響を及ぼすことになったのではないかと思うことがある。誤解を恐れずに言えば、私はこの点において、ちょうど彼がほかの多くの点で私を教え導いてくれたように、彼に好ましい影響を与えることができたのではないかと自負している。

私はこれまで、数々のインタビューを通じて、あるいは何かの折に書いた文章のなかで、ボルヘスがかつてパルドでその構想を語ってくれたプレトリウス博士を主人公とする短篇小説が実際に書かれることはなかったと断言してきた。ところがダニエル・マルティノは、『アドルフォ・ビオイ＝カサーレスのＡＢＣ』と題された本の執筆に取り組んでいるとき、私の証言を覆す原稿を発見した。ボルヘスも私も、どうやらそのことをすっかり忘れてしまっていたらしい。私たちは一行ずつ交互に筆を執りながら、数ページ分の原稿を書き終えていたのだ。

いずれにせよ、この忘れられた未完の作品に取り組んだことがきっかけとなって、ボルヘスと私は共同執筆への意欲をますますかきたてられた。推理小説を共作で書き上げる可能性を探りはじめたわわれわれは、こうして『ドン・イシドロ・パロディ、六つの難事件』、『死のモデル』、『ふたつの記憶に値する幻想』といった作品を完成させたのである。

のちに『ブストス＝ドメックの新しい短篇』に収録されることになる作品を共同で執筆していたとき、私たちは自分たちが創造したこの架空の作者に次第に呑み込まれていくような奇妙な感覚に襲われ、ひとまず執筆の手を休めることにした。ブストス＝ドメックは、まるで私たちが嫌っているラブレーのように、悪ふざけを得意とする鼻持ちならない作家に変貌してしまったのである。

私たちが創造したこのブストス＝ドメックなる人物は、最初のころはこちらの意のままに操ることができた。ところが次第に私たちの手には負えなくなり、執筆を中断せざるをえなくなった。もちろん私たちは、それからも毎日のように顔を合わせ、夕食をともにした。執筆のための心の準備が再び整うと、新たな短篇を次々と書いていったが、それらは、すでに書き上げていた諸篇に勝るとも劣らない出来栄えの作品となった。あくまでもオーソドックスなスタイルの推理小説を書こうという意図から出発した後者の作品群は、そうした目論見が逆に足かせとなって中途半端な仕上がりになってしまったのに対し、あとから書き足した数篇は、二人が力を合わせることによって初めて成し遂げることができる理想の作品により近いものになったと思う。もっとも、二度目のものは最初のものより劣るということがよく言われるのも事実である。ヘンリー・ジェームズは自分の作品に繰り返し手を入れることに生涯を費やしたが、今日彼の作品の再刊に携わる人たちは、あくまでも初版の刊行にこだわっているようである。いずれにせよ、ボルヘスと私が新たに書き足した諸篇は、その前に書かれたものと優劣において差はないのであり、『ブストス＝ドメックのクロニクル』は私たちの共著のなかで最良の作品であることは間違いない。この点についてボルヘスと私の考えは完全に一致していた。

私たちはいつも夜に仕事をした。作品のテーマについて自由にアイデアを出し合い、活発に意見を交換するうちに、おのずと構想が練られ、明確なかたちをとるようになる。この段階で、私は執筆のために机に向かう。以前はタイプライターを使っていたが、腰痛に悩まされるようになってからは手書きで執筆するようになった。われわれのうちどちらか一方が書き出しの一句を思いつくと、それを声に出して読み上げ、二人でいろいろと話し合う。そのようにして第二、第三の章句に進んでいく。ときどきボルヘスは「いや、そうじゃない」といって修正を試みる。あるいは私が、「もう十分ですよ。冗談はそれくらいにしておかないと」と言って軌道修正を図ることがある。

こうした共同作業を繰り返すことによって、私たちは謙虚であることの大切さを学んだ。二人で一緒に創作に没頭していると、細部まで配慮が行き届いた効果的な表現や巧妙なプロットの構築をめざして、まるで共同戦線を張っているかのような仲間意識が芽生えてくる。私たちが目標としていたのは、五〇年代までのイギリスで多く書かれていたような古典的なスタイルの推理短篇小説を書くことだった。すなわち、明快な謎解きを提示し、不要な心理描写を極力排し、必要不可欠な登場人物のみを効果的に配した作品である。ところが実際に書きはじめてみると、ついバロック的な手法に頼ることになり、遊びの要素をふんだんに取り入れたために私たち自身がストーリーを見失い、「この人物はこの先どうなるんだっけ？　いったい何を書こうとしていたんだろう？」などと言い出す始末だった。

綿密なプロットの構築を身上とする私たちにとって、これは何とも情けないことだった。ちょっとした運命のいたずらに翻弄されているとしか思えなかった。

『死のモデル』を書き上げたあと、私たちはしばらくのあいだ仕事の手を休めた。そして、報われぬ恋を数多く経験してきたボルヘスがまたもやある女性に恋焦がれているとき、共同執筆の再開を促すような出来事が起こった。ある朝、私は自分の娘と、料理人として働いている女中の幼い息子を連れて散歩に出た。それぞれ人形を抱えた二人の子供は、自分が手にしている人形の特徴を声に出して相手に伝えるという遊びを始めた。私は車のエンジンをふかしながら、後部座席に座った子供たちが、あたかも自分の人形が相手の目にはまったく見えないかのように、それぞれの特徴を声高に描写する様子に耳を傾けていた。その夜、私はさっそくボルヘスに、描写という行為にとりつかれたひとりの作家を主人公にした物語を書くことを提案した。主人公は、どんなに取るに足らない些細なもの、たとえば鉛筆や紙、仕事机、消しゴムといったものでさえ、描写するというただそれだけのためにひたすら紙の上に再現していくのである。こうして、『クロニクル』の最初の短篇のひとつである「ラモン・ボナベーナとの一夕」が出来上がった。

数ヵ月後、礼儀や遠慮、節度が保たれた私たちの関係にいかにもふさわしいことだが、ボルヘスは私に、失恋の痛手を忘れさせるためにこの作品の共同執筆を持ちかけたことについて感謝の言葉を口にした。ところが実際はそうではなく、私はただ、たまたま思いついた物語の構想を彼に話してみただけなのである。いずれにせよ、私たちにとっては最後の本格的な共作となる『ブストス＝ドメックのクロニクル』がこうして生まれた。それ以降、幻想文学や推理小説に関する序文など、いくつかの短い文章を除けば、ボルヘスとの本格的な共作は行っていない。いま挙げたような短い文章を書く仕事が舞いこむと、私は彼に言ったものである。「こうなったら仕方がない。とにかく何か書かなければいけないようですね」。それに対して彼は「まったく幸運なことだね」と応じ、二人して仕事にとりかかるのである。

仕事の開始を促すのはいつもボルヘスのほうだった。ボルヘスは根っからの仕事好きで、私よりもはるかに勤勉であり、仕事の手も速かった。彼はつねづね、文学が有する享楽的な側面に目を向けていたが、実生活においては禁欲主義を貫き、意志薄弱や怠惰、安易な自己満足といったものを軽蔑していた。それにひきかえ私は、たとえば子供のころから湯治場についてあれこれ考えることが大好きで、ゆったりと椅子に腰かけて休息し、至れり尽くせりのもてなしを受けたらどんなにすばらしいだろうなどと埒のない空想に耽ったものである。こうしたことはボルヘスの神経を苛立たせるだけだった。彼はいわばプロテスタント的な気質の持ち主であり、私にはついぞ無縁の罪の意識を背負った人物だった。とはいえ、私は仕事にとりかかる前はたしかに億劫になることもあったが、それを乗り越えれば、あとは快調に仕事を進めることができた。ボルヘスと私はときどき大声で笑いながら仕事をしたものである。まじめに仕事をするつもりがどうしてもそうなってしまうのだ。

文学に関する二人の考え方が食い違うことも珍しくなかった。ある日、私たちは文学における愛のテーマについて議論を戦わせたことがあった。ボルヘスは生涯を通じてじつにたくさんの恋をしたが、その多くは真剣な恋であったために深く傷つくことも少なくなかった。ところが、文学における愛のテーマについては終始反対の立場を表明していた。愛こそ文学の唯一のテーマであると思いこんでいる人たちがあまりにも多いことに疑問を感じていたのだろう。ボルヘスはきっと、愛のほかにもたくさんのテーマがあることを主張したかったにちがいない。これについては彼の考えにも一理あるし、そのような態度も十分に納得できるものである。ところが、それが行き過ぎてしまうことがままあり、ピューリタン的な厳格さをもって愛のテーマを断罪することがあった。そうした態度は分別を欠くものではないかと私が言うと、ボルヘスは私の意見を尊重してくれたようである。これは何も私の功績というわけではなく、彼に対する忠告が正鵠を射ていたというだけのことである。

私はまた、ボルヘスに次のように言ったことがある。「ケベードに熱中するのもほどほどにしたほうがいいですよ。ロペ・デ・ベーガのほうがはるかに衒学的でないし、楽しく読めるし、それに奥の深いことを言っていますからね。ケベードはいわば日本庭園を走る観覧電車にお似合いの、書き割りの山脈みたいなものですよ」。それを聞いたボルヘスは私の意見に賛同し、おかげでひとつ文学的な迷信から逃れることができたと言って喜んでいた。たまたま私がそうした迷信にとらわれていなかっただけのことであるが、反対にボルヘスがそれ以外の数々の迷信から完全に自由であったことは確かである。

私は死ぬ前にぜひボルヘスについての本を書きたいと思っている。もっとも、私にできることといえば、ボルヘスという人間を私がどのように見ていたか、私と一緒にいるときの彼がどのような様子だったか、そうしたことを書き記すくらいである。いずれにせよ、彼について流布しているさまざまな誤解を正し、ボルヘスという人間を擁護し、あくまでも真実のみを語りたいと思う。私はつねに真実に対して最大限の敬意を払ってきたし、この点についてはおそらくボルヘスよりも徹底していたと自負している。ボルヘスはときおり、自らの過去に文学的な脚色を施すことがあった。それはまるで真実よりも文学のほうをはるかに重んじるかのようであった。ところがボルヘスは、虚構の裏側に隠された真実を誰かの手によって暴かれてもそれを豪快に笑い飛ばすだけの鷹揚さを兼ね備えていた。つまり彼は、現実というものをあくまでも文学の一形式とみなしていたのであり、それこそ文学に対する最大の敬意というべきであろう。

21

ムーア・マコーマック社の汽船でニューヨークへ到着したのは、一九四九年の初めのことであり、シルビナとその姪のシルビア・アンヘリカ・ガルシア・ビクトリカが私に同行していた。埠頭には、私の義理の姉ビクトリアと、私たちがトリアと呼んでいたビクトリア・ガルシア・ビクトリカが出迎えにきていた。オカンポ家にはシルビア、アンヘリカ、ビクトリアという名前の女性が非常に多いのである。

私たち一行がなぜ税関職員に目をつけられたのか、いまだによくわからない。私たちのスーツケースは、かなり乱暴に、執拗に調べ上げられた。じつを言うと、私たちは大小さまざまなスーツケースの一群をぞろぞろと引き連れていて、新旧両大陸をめぐる長旅を通じて買い物の必要がまったくないほどに大量の服を詰め込んでいたのである。荷物検査が終わるまでかなりの時間待たされた。ビクトリアは苛立ちを隠せない様子で、おそらく無意識のうちに片方の爪先を床に小刻みに打ちつけていた。検査が終わり、ようやく車に乗り込んだ私たちは、激しい雨が降りしきるなか、見知らぬ大都会の高層ビルに挟まれた薄暗くて狭い街路を通ってホテルへ向かった。ウィンスロップ・ホテルの部屋に落ち着いた私たちは、さっそくスーツケースから服を取り出し、洋服ダンスに吊るしはじめた。大柄な体を窮屈そうに肘掛椅子に沈めていたビクトリアは、私たちの一挙手一投足をいらいらした様子で眺めながら、ときどき次のような質問を投げかけてきた。

「昼食はどこがいいかしら？　チャイルズ、ザチェッティーズ、それともラ・クーポール？」

シルビナにストッキングを手渡しながら私は答えた。

「お任せしますよ、あなたはこのあたりの店に詳しいんだから。」

ビクトリアはさらに、ルイーズ・クレーン（私たちは当時、彼女の名前をまったく知らなかった）を誘って夜の街歩きを楽しむか、それともトゥッチ（私にとってはクッチであろうとムッチであろうと同じことだった）に車でダウンタウンを案内してもらうか、あるいは翌日、デュ・ペルノー伯爵と一緒に、薄暗い冬空の下、ロマンチックな風情を漂わせる人気のないロングアイランドのビーチを散策するか、矢継ぎ早に問いかけてきた。私は小さな声で遠慮がちに、長旅で疲れているから外出はまたの機会にしてはどうでしょうと恐る恐る口にしてみた。ところが、すぐに後悔した私は、哀願するような口調でつけ加えた。

「僕らの代わりにあなたが決めてくださいよ。」

ビクトリアは私の言葉が理解できないようだった。バスに乗って市内見物に出かけたり、その日のうちに有名な女性教育家の誰それに会いに行く代わりに、ホテルの部屋に閉じこもってゆっくり休息したいという私たちの望みは、結局のところ彼女の怒りを買ってしまったのである。今度は私が理解に苦しむ番だった。彼女は太り肉の大柄な身体を椅子から持ち上げると、吐き捨てるような調子で何か言い、目にうっすら涙を浮かべて部屋を飛び出してしまった。扉が乱暴に閉められる音とともにこの騒動も幕引きとなった。

信じられないことに、ビクトリアの機嫌はすぐに直った。私がレストランに出かけると、ビクトリア、シルビナ、シルビア・アンヘリカ、トリアの四人が、見知らぬ人たちと同じテーブルについて私の到着を待っていた。きっとこの人たちが例のクレーンやトゥッチ、あるいはデュ・ペルノー氏に違いないと思った私は、一人ひとりと挨拶を交わした。ところが彼らは、たまたま同席した見知らぬ人々だったのである。私の勘違いは一同の笑いを誘った。

数日後、ビクトリアはご親切にも私たちのために一日のスケジュールを立ててくれた。それによると、昼過ぎにロキシーでダニー・ケイの出演する映画を見たあと、夜はハーレムで黒人ダンサーのショーを楽しむことになっていた。彼女が万事取り仕切ってくれるという。ダニー・ケイの映画が見られるのは千載一遇のチャンスだとしきりに主張する彼女の機嫌を損ねないためにも、私たちは食事を一度抜かなければならなかった。というのも、ちょうどその時間に映画が上映されることになっていたからである。ところが、五時にビクトリアから電話がかかってきて、映画の題名はもう覚えていないが、封切られたばかりの別の映画を見に行こうと誘われた。ロキシーの入場券が売り切れてしまったため、代わりにその映画を見に行こうというわけである。私は勇気を振り絞り、できれば食事をしたいのですがと口にしてみた。明らかに気分を害した彼女は、すかさず、では八時にビーチャム氏がそちらへ迎えに行くから、約束の時間に遅れないように、さもなければその神経質な黒人は自分が侮辱されたと思うだろうから、とまくしたてた。約束どおり私たちは八時前に部屋を出てビーチャム氏がやってくるのを待ったが、延々十一時ごろまで、シルビア、トリア、私の三人は、冬の冷たい風が容赦なく吹きつけるウィンスロップ・ホテルの玄関前の歩道を行ったり来たりしているビクトリアに交替で付き合わされた。ビクトリアと一緒に歩道を往復しながら、私は何気ない調子で彼女に話しかけてみたが、彼女はずっと押し黙ったままだった。すると、時計の針がちょうど十一時を指すころ、ひとりの黒人男性がにこにこしながら近づいてきた。ところが彼はビーチャム氏ではなかった。

男は、ビクトリアの苛立ちにはまったくお構いなしに、ビーチャムさんは少し飲みすぎたようですが、じきにここへ来るはずですと告げた。心配顔のビクトリアは、ハーレムのショーに間に合うかどうか尋ねた。すると相手は答えた。

「さあ、どうですかね。」

彼はそれについてはあまり興味がないらしかった。それももっともなことだと私は思ったが、ビクトリアは、かろうじて聞きとれるほどの小さな声で、「どうしようもない黒人ね」とつぶやいた。彼女の口からそんな言葉が飛び出したことに私は少なからず驚いた。というのも、その少し前に彼女は、黒人を讃美するようなことを口にしていたからである。彼女の態度の豹変を理解するためには、ビクトリアが何よりも酔っ払いを毛嫌いしていたという事実を思い起こす必要がある。

ついに待ちに待ったビーチャム氏が、何ら悪びれることなく私たちの前に姿を現した。それほど酔っているようにも見えなかったが、かなり上機嫌だった。金色バンパーの真紅のキャデラックに乗った氏はいかにも羽振りがよさそうだった。私たちはさっそく広い車内に滑り込んだ。前の座席にはビクトリアと二人の黒人男性、後部座席にはシルビアとシルビナ、トリアと私が座った。ビーチャム氏の運転はきわめて乱暴だった。後部座席に座った私たちが機嫌よくおしゃべりしていると、ビクトリアがいきなり振り返り、スペイン語で注意した。

「少しはこの方たちとお話をしたらどうなの。まったくしようがないわね。」

それからしばらくすると、数人の黒人を乗せた別の車が私たちの車と接触した。傷の具合を確かめるために通りの真ん中にキャデラックを停めたビーチャム氏は、車を降りるとそのまま相手の車に近づき、なにやら言い争いを始めた。氏が笑顔を浮かべながら落ち着いた様子でしゃべっているのを見て、私たちはひとまず安心した。すると突然、鋭い叫び声が聞こえたかと思うと、助手席に座っていた黒人男性が険しい表情を浮かべて車を飛び降り、加勢のために駆け出した。車内に取り残された私たちはそれから長いあいだ待たされ、そのすぐ横を、雨に濡れて滑りやすくなった街路を疾走していく車が次々と通り過ぎていった。ビクトリアはまたしてもいらいらした調子で、「まったくどうしようもない黒人ね」と吐き捨てるように言った。

内容はともかく、肝心のショーはあまり愉快なものではなかった。とにかく人が多すぎるのである。幸いにも店内にはそれなりの秩序と節度が保たれており、燕尾服姿の男たちや長いドレスに身を包んだ女たちが優雅に行き交っていた。事情通に言わせると、ここにはニューヨークの黒人社会の粋が凝縮されているそうである。ところが、またしてもビクトリアの機嫌を損ねる出来事がもちあがった。八人の客によって占められた近くのテーブルに空いた椅子がまだ二つあるというのに、シルビナもシルビアもそこに座ろうとしないのである。見知らぬ人と相席になるよりは、私たちと一緒にずっと立ったままでいることを選んだのだろう。それが臆病さゆえの遠慮であることが理解できなかったビクトリアは、明らかに気分を害したようである。そうこうするうちに、私たちはビクトリアの姿を見失ってしまった。あまりにも大勢の客がひしめいているために、すぐ目の前に立っている人の背中しか見えないという有り様だった。取り残された私たちは、できるだけ早くそこを立ち去るための相談を始めた。しかし、断りもなく帰ろうものなら、それこそビクトリアの怒りを買うことは必至だった。私たちはやむなく、むせ返るような熱気に息を詰まらせながら——とにかく息苦しかった——雑踏のなかでもみくちゃにされていた。すると、人ごみをかきわけながらルイーズ・クレーンが私たちのほうへやってきた。私は彼女に尋ねた。

「ビクトリアがどこへ行ったかご存じではありませんか?」

「さあ、知りませんけれど——彼女はしばらく考えてからつづけた。——少し前にここを出たんじゃないかしら。」

もうひとつの忘れられない出来事は、ウォルドルフ＝アストリアで食事をしたときのことである。その日は朝から、船会社のオフィスで予約の手続きをしたり、銀行へ行ってトラベラーズ・チェックを購入したり、慌しい時間を過ごしていた。一時半ごろにようやくホテルへ戻った私は、フロントで部屋の鍵を受け取ろうとすると、一枚の紙切れを渡された。そこには英語で、「あなたの義理の姉が一時にウォルドルフ＝アストリアで待っています。昼食をご一緒しましょう」と書かれていた。

寒さのなか私はレストランまで走った。汗をかき息を切らせながらウォルドルフへ到着すると、シルビナとビクトリアが見知らぬ人たちと一緒に食事をしていた。私は彼らに紹介された。トゥッチとデュ・ペルノー氏のほかに、もう名前は思い出せないが、数人の同席者がいた。ビクトリアは私に、二人の老婦人のあいだの席を指し示した。ほかの人に追いつこうと急いで食事をしたために、どうしてもくつろいだ気分になれなかった。彼らはすでに二皿目の料理に手をつけていたが、私はデザートが来るまでにはなんとか追いつこうと焦った。そして、流れ出る汗を抑えるためには、とにかく誰かと会話をすることが、濡れたハンカチで顔を拭くよりも効果的だと判断した。ところがそれはなかなか容易なことではなかった。私の右隣に座っている婦人はイタリア語を話しており、イタリアやそれにまつわる共通の話題についてさらに右隣の男性と熱心に話し込んでいた。一方、私の左隣に腰を下ろした婦人はフランス語を話しており、やはりフランスやそれにまつわる共通の話題についてさらに左隣の男性と熱心に話しこんでいた。すると、誰かが私にそっと一枚の紙片を渡した。そこには小さな文字でVの署名があり、次のようなメッセージが添えられていた。「しっかりなさい。ご婦人方とお話をしなきゃだめじゃないの。有力者なのよ」。

トゥッチは非常に愉快な人物であり、私は出会った瞬間から彼と意気投合した。こうして彼は、私が長年の親交を温めることになる（あたかも友情が時間に取って代わったかのように）多くのイタリア人作家たちの最初のひとりとなった。私が懇意になったイタリア人作家のなかには、ランペドゥーザやピオヴェーネ、バッサーニ、モラヴィア、モッラ、カルヴィーノ、ブッツァーティ、シャッシャ、等々がいた（もちろんこのなかには、もっぱらその作品を通じて親しんだ作家も含まれている）。食事の席でトゥッチは、〈ニューヨーカー〉の編集者たちが時おり、雑誌に掲載される短篇小説の結末を勝手に書きかえたり、新たな登場人物をつけ加えたり、あるいは削除したり、ひどい場合になると、まったく新たな場面を書き加えたりするという興味深い話を披露してくれた。彼の話によると、ある出版社ではこうした仕事を専門とする編集者が、一作品につき一人ずつ配置されているということであった。彼はさらに、合衆国では処女作の出版はとりわけ難しい、というのも多くの出版社は五千部以上売れる見込みのない作品には興味を示そうとしないからだ、とも教えてくれた。

ニューヨークを発つ直前、私たちはまたしてもビクトリアの機嫌を損ねてしまった。彼女は〈パルチザン・レヴュー〉の作家たちを紹介してくれるつもりでいたらしいが、すでにウルリカ・フォン・クルマンがその任を果たしていたのである。ボルヘスの知り合いというよしみから、ウルリカは北米におけるわれわれのエージェントとして働いてくれていた。ボルヘスも私も、この国では依然として無名に等しく、とにかく形だけでもエージェントを用意しておく必要があったのである。〈パルチザン・レヴュー〉に参加している作家たちとの会合の席上、彼らのうちのひとりが、「ところであなたは何を売り込んでおいでですか《What do you sell?》」と尋ねてきた。私はウィリアム・フォークナーと南部、アーネスト・ヘミングウェイと空威張り、アースキン・コールドウェルと三十年代の貧困などを思い浮かべ、若干の誇りを感じながら、とくに何も売り込んではいませんと答えた。すると相手は、そんな調子では誰にも相手にされないだろう、それどころか不信の目で見られるかもしれないと忠告してくれた。ホテルに戻った私は、先ほどの不愉快なやりとりを思い出し、頭のなかで次のような修正を加えた。すなわち、そうした質問をほかの国でするのはやめたほうがよい、さもなければ軽蔑の目で見られるだろうから、と警告してやったのである。すると、あのろくでもない作家は、やはり私の想像のなかで、悲しげな表情を浮かべてうつむいてしまった。私は彼を慰めるために、ヨーロッパでも似たような質問をぶつけられることがあると教えてやった。ただし次のような言い方によって。「あなたは社会参加型の作家ですか?」。

22

私は四九年、五一年、五四年とヨーロッパに外遊した。当時はいまほど人も多くなく、少し足を伸ばせば鄙びた場所へ容易にたどり着いたものである。そういったことはヨーロッパ大陸の国々よりもイギリスのほうがどちらかというと多かったが、フランスでも、あるいは、いまではとても信じられないことかもしれないが、スイスでも同じだった。イギリスでは有刺鉄線を見かけたが、アルゼンチンの農場をよく知る人間でさえけっして馬鹿にはできない代物だった。

当時、イギリスやその他のヨーロッパの国々の大都市には大勢の娼婦がいた。ロンドンのシェパード・マーケットの界隈や、名前はわからないがジュネーブのある区域でも、売春婦の一団を目にすることは珍しくなかった。ひょっとすると職務にそれほど熱心ではない警官たちが彼女たちを陰で統率していたのかもしれない。ちなみに、私が生まれて初めて娼婦たちのざわめきを耳にしたのは、スイパーチャ通り、ドレゴ広場の正面にある映画館〈ミリアム〉でのことだった。五一年のロンドン滞在の折には、ホテルの二階にある私の部屋から、毎晩のように街路を急ぎ足で通り過ぎていく娼婦たちの陽気なはしゃぎ声を耳にすることができた。

それに比べると、パリの娼婦たちは比較的おとなしく、集団で行動することも少なかった。彼女たちの多くは、マドレーヌ教会の裏側の一画を根城としていた。当時パリでは、「マドレーヌ教会の裏手」

と言えば売春にかかわりのある人間や出来事を意味するほどだった。

四九年ごろのロンドンは、爆撃による破壊の爪痕はもちろんのこと、戦禍の影響がいたるところに残っていた。街のレストランはその日のメニューを入り口に掲げていたが、ステーキやローストビーフといった肉料理に誘われて店内に入っても「品切れです」と言われるのが落ちだった。体力の低下を恐れていたシルビナは、それを聞くと不機嫌な表情を浮かべた。〈クアケル〉社の食材の詰め合わせがブエノスアイレスから届くようになると、彼女は外食を控えるようになった。そして、ベッドの下にしまっておいたプリムス加熱器で濃厚なスープなどを作り、貧血になっては大変だと言わんばかりに夢中で食べていた。一方、シルビア・ガルシア・ビクトリカと私は、ステーキ肉を求めて何軒ものレストランを渡り歩いた。

私たちは、毎朝おびただしい数の食器とテーブルクロス、それにほんのわずかな朝食をぴかぴかのワゴンに載せて部屋まで運んでくれるボーイと仲好しになった。私たちのホテル滞在もいよいよ今日が最後という日、彼はズボンのポケットに忍ばせてきた茹で卵をプレゼントしてくれた。シルビナはさっそく殻をむき、塩を振りかけながらおいしそうに平らげてしまった。

スティーヴンソンゆかりの地であるエディンバラを訪れた私たちは、ド・クインシーとワーズワースの足跡を偲ぶためにグラスミアに数日間滞在し、さらにリッチフィールドとロンドンに足を伸ばしてサミュエル・ジョンソンの事績に思いを馳せた。

五一年に単身ロンドンを再訪した私は、由緒あるロック帽子店の上階に住むグレアム・グリーンを訪ねた。彼は私に、アルゼンチンの司教について腹蔵のない意見を求めた。スル社、あるいはエメセ社から言付けを頼まれていたフォースターには、会見を申し込む勇気がなかった。彼を崇拝する気持ちがあまりにも強かったために、迷惑な申し出をして嫌われたくなかったのである。それに、私の著作はまだ一冊も英訳されておらず、自分がれっきとした作家であることを証明するものは何もなかったし、会いに行ったところでいったい何を話せばいいのかわからなかった。それでも私は思い切ってフォースターに電話をかけ、くつろいだ気分で会話を楽しむことができた。彼は突然の電話に驚いたことだろうが、私が会見の申し出をしなかったことにほっと胸をなでおろしたにちがいない。当時絶大な人気を誇っていたユーモア作家であり、明らかに二流作家でもあったアラン・P・ハーバートは、ある日、テムズ川を望む自邸へ食事に招いてくれた。典型的なアルゼンチン人らしく、私は遅めの時間に出発したが、目的地まであと四百メートルというところで、うっかり犬の糞を踏みつけてしまった。それからの歩行は難儀を極めた。靴底を歩道の縁にこすりつけながら歩かなければならなかったからである。ようやくハーバートの家へたどり着いたときには、私の靴はきっとひどい臭いを放っていたにちがいない。そのことが気になって仕方なかった私は、肝心の食事のことはほとんど何も覚えていない。犬の糞を踏みつけたことばかりが私の記憶に鮮明に焼きつけられ、ほかのことはほとんどすべて忘却の淵へ追いやられてしまったのである。

シルビナと私は、パリでの長期滞在を楽しんだ。私たちはそこでオクタビオ・パスとエレナ・ガーロ夫妻、娘さんのラ・チャータと親交を結んだ。一家はヴィクトール・ユゴー通りにあるアパートに住んでいた。エレナはかつてHelenaと署名していたが、ギリシア崇拝を捨ててキリスト教を信奉するようになってからは、頭文字のHを省くことに決めたようである。私の『モレルの発明』がピエラールによって仏訳され、ラフォン社が発刊する〈パヴィオン叢書〉の外国文学シリーズに加えられたのもすべて彼女のおかげである。

以来私は、パリに滞在するたびに、これまで知り合った出版関係者のなかでもっとも信義に厚いロベール・ラフォン氏を訪ねることにしている。彼とはこれまで一度も言い争いをしたことがないし、お互いに意見が食い違うことさえほとんどなかったように思う。もっとも、彼の人となりには予断を許さないところがあった。ある日、ラフォン氏は私の本の売れ行きが芳しくないことを告げ、おそらくアメリカ人だったと思うが、当時彼が担当していたある作家の功績をしきりに誉めたたえた。どうやらその作家は、やっつけ仕事で多くの作品を書き散らし、驚異的な売り上げを達成していたようである。あるとき、自分の作品がもう少し売れてくれればいいのですがと口にすると、彼は、「なぜだい？いい本というのはたいてい売れないものだよ」とあっさり答えた。彼が編集責任者を務める出版社がサン・スルピス広場を見下ろす場所にあったので、そこへ行く前に私は教会へ立ち寄ることにしていた。ドラクロワの絵画を鑑賞するというのが表向きの理由だが、私はその機会を利用して、ラフォンが上機嫌で私を迎えてくれることを神に祈った。彼の気まぐれな応対が、じつは私の時ならぬ訪問に起因することなど思いも寄らなかったのである。記者会見やラジオ、テレビのインタビューに引っ張り出されることを恐れていた私は、お忍びで渡仏するのを常としていた。そして、パリ、あるいはどこかの地方都市にしばらく滞在したあと、予告なしに出版社を訪れ、ラフォンとの面会を求めるのである。それが必ずしも折よい訪問でなかったことは想像に難くない。

ラフォンの手によって一九五二年、『モレルの発明』の仏訳が出版された。それ以降、『ある写真家のラ・プラタでの冒険』、二冊の短篇アンソロジー（『愛の物語集』、『幻想物語』）、『女たちのヒーロー』、『途方もない物語』、『ロシア人形』（いずれも短篇集）を除いて、私が書いたすべての作品が同じくラフォンによって刊行された。私は出版社を通じて、ジャン＝フランソワ・ルヴェルと知り合った。その独立不羈の批判精神にはいつも感銘を受けている。同じくジョルジュ・ベルモンとオルタンス・シャブリエの知遇も得た。ブッツァーティの作品に親しむようになったのはベルモンの勧めがあったからである。私は、自分が書いた少なからぬ短篇小説のテーマにおいて、ブッツァーティとの親近性を感じないわけにはいかない。

ある日、フリオ・コルタサルとアウロラ・ベルナルデスに食事に招かれた私は、そこでバルガス・リョサを紹介された。フリオとはそれ以来、親しい間柄となった。

ほかにも多くの愛すべき友人を得ることができた。ウィルコックからたびたび話を聞かされていたイタロ・カルヴィーノとキキータ夫人もそうである。カルヴィーノとはその後も何度か不思議な縁によって結ばれることになった。一九八〇年には、ブダペストのコズモス社から、『不在の都市』と『モレルの発明』のハンガリー語版が同じ一冊の本にまとめられて出版された。さらに一九八四年には、モンデッロ賞のイタリア人作家部門でカルヴィーノが、外国人作家部門で私が受賞の栄誉に輝いた。そして一九八五年、私の『ある写真家のラ・プラタでの冒険』が刊行されると同時に、ブエノスアイレスのテレビ局がカルヴィーノの短篇「ある写真家の冒険」を原作とする映画を放映した。ちょうどそのころフランスに滞在していた私は、ジル・レビンと知り合った。彼女は私の『脱獄計画』と『日向で眠れ』の見事な英訳を手がけたのみならず、『ビオイ＝カサーレスを読み解く鍵』と題された本を発表した。

私はさらに、フランスでジャン・ポーランの知遇を得た。彼はその著作と同様、人間関係においてもあふれる知性を感じさせる人物であったが、ただひとつ困ったことに、才能のない画家たち（もっともそういう連中はほかにもたくさんいたわけだが）の作品を集めた展覧会に私を連れていき、私から無理やり称賛の言葉を引き出そうとした。その展覧会はいみじくも〈アール・ブリュット展〉[*26]と銘打たれていた。また、優雅な食事を期待して大勢の人が詰めかけるガリマール社主催のパーティーでは、トリスタン・ツァラと言葉を交わす機会に恵まれた。私はツァラに、私の本をわざわざ読むには及ばない、なぜなら「あなたにはきっと因襲的な作品に思われるでしょうから」と言った。エレナ・ガーロは私の態度に立腹し、そうした自尊心は自殺行為にも等しいと断じた。しかし私としては、あくまでも正直な気持ちを口にしたまでであり、ツァラのような人間が私の作品を好きになるはずはないと思ったのである。私の物言いが尊大に聞こえたとしても、それはけっして私の本意ではなかった。また、別の日には、オクタビオ・パスに伴われてブランシュ広場のカフェを訪れ、そこでアンドレ・ブルトンを紹介された。パスは私をブルトンの新たな信奉者にしたかったのだろう。インドシナ出身の若い娘を横にはべらせたブルトンは大勢の弟子に囲まれていたが、そのなかには、いかにも詩人らしい風貌の若者たちに交じって、ボヘミアンのような格好をした者が何人かいた。がっしりとした体格の、どちらかというと背の低いブルトンは、グループの中心人物として専制君主のように振る舞い、まるで軍隊の将校か曹長といった風情だった。ブルトンは私を前に、自ら考案した象形文字による新たな表記法について一席ぶちはじめ、それを使えばパリ中の街路を反体制的なメッセージで埋め尽くすことができるし、メッセージの内容は誰が見ても容易に理解できるものであるが、象形文字で記されているため事前に察知されなければ警察によって禁止される気遣いはないと断言した。ためしに実物を見せてほしいと私が頼むと、いまこの場で正確に思い出すことはできないと断りながら、傍らの娘に囁いた。「象形文字を書き記した紙をもってきてくれないか。ピアノの上のしゃれこうべの下に挟んであるから」。娘はすぐに取りに行ったが結局見つからず、そのまま手ぶらで帰ってきた。ブルトンがこの娘を宝物のように大切に扱っていることは誰の目にも明らかだった。

四九年と五一年に、私たちは車でフランスを出発し、スイスを経由してイタリアへ向かった。四九年の旅行の際にはエンリケ・ドラゴ・ミトレとシルビア・ガルシア・ビクトリカが同道し、五一年のときはジョニー・ウィルコックとマルタ・モスケラが一緒だった。エックス・アン・プロヴァンスでは、おそらく戦時中と同じように電力の供給が制限されていたのであろう、夜の十時、十一時の消灯時間になるとホテルの門は完全に閉ざされてしまった。あるときウィルコックは町を散策しようとホテルを出たが、途中で道に迷ってしまい、ホテルへ帰り着いたときにはすでに門が閉まっていた。仕方なく彼は近くの空き地で一夜を過ごすことになり、新聞紙にくるまって眠ったそうである。マルタ・

モスケラは想像力の豊かな、活力にあふれた女性だった。旅行ガイドブックに記されている観光スポットをすべて訪れなければ気がすまないという彼女のために、私たちはたびたび回り道をしなければならなかった。なかばあきらめ顔の私たちが教会や城、銅像や絵画などを見物していると、作家同士のいさかいの噂やブエノスアイレスのニュースが気になって仕方がない彼女は、いっときもおしゃべりをやめようとしなかった。私たちは苛立ちを覚えながら、しっかり見物するように言い聞かさなければならなかった。

四九年と五一年にイタリアに滞在した折、私はアメリカ軍が発行する小さな新聞に毎朝目を通していた。アルゼンチンのニュースが掲載されることが多かったからである。ある日、私はそこに興味深い記事を発見した。それは、人間や動物、植物などあらゆるものを三次元の立体映像で忠実に再現する機械についての記事だった。きっと『モレルの発明』を読んだ誰かが、作品に登場する映写装置の記述に触発されて、あたかもそれが実在するかのような記事をでっちあげたにちがいない、そう考えた私は何だか無性におかしくなった。あの小説が発表されてからこれほど短期間のうちに、例の装置が実際に製造されるようになるなんて、どう考えてもありえないことだった。残念ながら、記事が掲載された新聞はその後どこかへやってしまった。たしかに手許に置いていたはずなのだが、うっかり紛失してしまったらしい。再びそれを目にした記憶がないのである。

23　回想風雑録

盲人は誰もがラサリーリョを必要とする

ある日の夜、食後の団欒が終わるころ、マストロナルディ[*27]が感嘆の声をあげた。「アンヘリカちゃんはめっぽう色っぽいね」。この言葉を聞いた私は、シルビナの姪であるシルビア・アンヘリカの魅力に初めて気がついた。まもなくわれわれは恋人同士となり、相思相愛の関係が長くつづいた。多忙な毎日を送っていた私は、午前中はテニスで汗を流し、午後は彼女と愛し合い、はたして読書と執筆はいつ行っていたのか、とにかくこちらも毎日欠かさずつづけていたようである。そのことは当時の私の作品や日記によっても明らかである。

ニューヨークでの恋

ニューヨークのサボワ・プラザ・ホテルに、クローク係をしているひとりの美しいアイルランド人の娘がいた。私たちは一緒に映画へ行き、キスをした。彼女は私にガーターをプレゼントしてくれたのみならず、両親と一緒にヨーロッパ行きの客船〈マジェスティック〉に乗り込んだ私のもとへ一通の電報を送ってきた。私は胸が引き裂かれるような思いだった。

一杯のオレンジジュースの効用

美貌と文才の誉れが高いアルゼンチン人女性がフランスからやってきた。シュル・ソラールは彼女を〈パン・クラブ〉の名誉会員に任命し、新たな時代を象徴する美女として引き立てた。ある日、幸運にも私は、〈ガット・イ・チャベス〉で彼女とお茶を飲むことになった。暑い日のことである。喉が渇いた私は、家を出る前に一杯のオレンジジュースを飲んだ。ところが、まもなく激しい腹痛に襲われ、上半身を直角に折り曲げたまま残りの一日を過ごす羽目になった。私は、間が抜けた自らの姿勢を釈明するための言い訳を頭のなかでいろいろと考えた。しかし、それも結局面倒くさくなり、思い切って彼女との約束をすっぽかすことにした。案に相違して、そのことが彼女の好奇心を刺激したらしく、以来、私のよき友人となった彼女は、敬意のこもったまなざしを私に向けるようになった。

危機一髪

メンディテギ家の母方の家系が代々所有するラス・パルバス農場からの帰り道、私の運転するクライスラーがルハン郊外で沼地にはまってしまった。私たちは馬に乗った数人のガウチョに助けを求め、馬で車を引っぱり上げてもらった。その夜、ルハンのホテルに宿泊した私たちは、そこの主人に、私たちを助けてくれた男たちの話をした。すると彼は、とても信じられないというような表情を浮かべた。主人の話によると、彼らは警察に賄賂を握らせてそのあたり一帯を荒らし回っている盗賊の一味だということであった。彼らはおそらく、われわれが軟弱そうな若者であることを見てとって、見逃してくれたのだろう。私よりほんの一歳年下のチャーリーが、ブーツが沼にはまってしまったと言って泣きはじめたのだから、それも無理からぬことである。

それからしばらく経ったある日のこと、今度はメンディテギ家で死を意識させられる出来事に遭遇した。それは夏の暑い日で、家には誰もいなかった。エレベーターに乗りこんだ私たちは上階のボタンを押した。ところが、上昇を始めたエレベーターは途中で停止してしまった。扉の向こうに溝のようなごくわずかな隙間が覗いていたが、そこを通り抜けて外へ出ることは困難に思われた。それでもチャーリーが思い切ってやってみると、無事に外へ抜け出すことができた。彼が外側から扉をしっかり閉めるとエレベーターは再び動き出し、私たちはようやく死の牢獄から脱出することができた。

東方の三博士の贈り物

ある日の夕暮れ時、ビセンテ・カサーレス村のサン・マルティン農場にいた私は、馬に引かれた一台の荷車が次第にこちらへ近づいてくる音を耳にした。部屋の窓から外を見ると、農場の荷車がちょうど駅から荷物を運んでくるところだった。私は、東方の三博士にお願いしてあった木馬の細長い首が包み紙の間から外へ突き出しているのを目ざとく見つけた。

S・O・S

パシフィック・ライン社の客船〈エセキボ〉でキューバへ向かっていたときのことである（キューバからさらにアメリカへ渡る予定だった）。ペルー沖で、われわれの乗った船は座礁した〈マポーチョ号〉の救出に向かった（私たちは〈マポーチョ号〉を実際に目撃したが、まるで海岸にもたれかかっているように見えた）。さっそく備えつけの救命ボートが降ろされ、数人の水夫を引き連れた航海士が乗り込んだ。私たちはその様子を甲板から眺めていたが、モーターを始動させようとする水夫たちの悪戦苦闘にもかかわらず、救命ボートは浸水のためにどんどん沈んでいくばかりだった。ついに海中に没するかと思われたそのとき、救助要請の解除を告げる合図が〈マポーチョ号〉から送られてきた。

翌週、依然として航海をつづけていたある夜、難船の危険を知らせる警報サイレンが船内に鳴り響いた。私の両親はとっさに目を覚ましたが、母はそれほど驚いた様子もなく、「ねえ、ねえ」と言いながら、寝ていた私を揺り動かした。船内は騒然とするばかりで、いったい何が起こったのか説明してくれる船員は誰もいなかった。父はアルゼンチン人のポロ選手たちと一緒にブリッジへ押しかけ、船長に説明を求めた。彼らが聞き出したところによると、若干の浸水があったものの、水を隔離するシステムが作動したおかげで、浸水が船全体に及ぶのを未然に防ぐことができたということであった。

セルバンテスへの感謝

『ドン・キホーテ』の第一章、主人公が故郷の村人に別れを告げ、冒険を求めて旅立つ場面を初めて読んだとき、私は彼を待ち受けている運命を思い、不安の交錯する期待に胸を膨らませた。そして、私のなかにそうした感情を芽生えさせたセルバンテスという作家に対して、憧れと称賛の気持ちを抱いた。私はこのとき、自分も同じような感情を読者のなかに呼び起こすことのできる作家になろうと決心したのである。

分かち合えなかった愛

夜になるたびに私は、水道管からしたたり落ちる滴が食器にはね返る陰鬱な音に耳を傾けながら、なんとも悲しい気分に誘われたものである。あの懐かしのリンコン・ビエホ農場で過ごした雨の夜の記憶がまざまざと蘇ったからであろう。あのころの私は、やはり水道管からしたたり落ちる滴の音に耳を澄ませながら、きっと母も同じようにじっと聞き耳を立てているのだろう、あの音は母にとって、農場を手放さざるをえない悲しい現実を残酷にも思い起こさせるものにちがいない、そう考えたものである。

秘められた寛大さ

私には、金満家であると同時に倹約家でもあったひとりの伯父がいた。彼は毎朝、夜が明ける前にベッドを抜け出し、服を着替えて路面電車に乗り、パレルモの森まで出かけた。そして、そこで軽い運動をしたあと、綿毛で耳を掃除しながら、その心地よい感触を楽しむのである。

朝の運動を終え、家に戻った伯父は、服を脱ぎ、浴槽に冷たい水を満たす。石鹸で体を洗うと、そのまま浴槽の水につかり、しばらくじっとしている。浴槽から出て体を拭くと、ポンチョを身にまとい、ベッドに横になって仮眠をとる。目覚めてからマテ茶を飲み、服を着替えると再び路面電車に乗って中心街へ出かけていく。仕事を始めた伯父は、商売仲間や弁護士の事務所を訪ね、不動産の価格や株式市場に関する情報を手に入れる。代理人が顧客の金を持ち逃げするという事件によって私の父が苦境に立たされたとき、親類のなかで唯一、この章の主人公である私の伯父が、必要な金を無利子で融通してくれた。

ああ、私は父や祖父のようにはなれない

一九三五年、二十一歳の私は、農場経営者としてパルドへやってきた。最初の二、三日が過ぎるころ、さまざまな問題を抱えた人たちが、その解決を期待して私のところへやってきた。なかには、蒙った損害に対する埋め合わせを当てにする人もいたようである。最初に姿を現したのはシプリアーノ・クロス氏だった。事件の詳細を時系列に説明するよりも、そのあらましを簡潔に述べたほうがいいだろう。

白鳥が飛来する沼地に隣接した農場の囲い場で、ドン・フアン・P・ペエスの他殺体が発見された。遺体の発見現場は、被害者が住んでいた小屋からそれほど離れていなかった。生まれ故郷のベアルン地方の言葉をすでに話せなくなっていたこの男は、スペイン語をしっかり学ぶこともなかった。髭を生やし、同じフアン・P・ペエスという名の兄の古着を譲ってもらっていた彼は、自分が所有する数ヘクタールの土地を人に貸して、毎月少なからぬ収入を得ていた。殺されたとき、すでにその月の地代を受け取っていた彼は、それをまだ兄に渡していなかった。いつもなら徴収が終わるとすぐに兄に手渡し、地代の管理と運用を任せていたのである。ラス・フローレス郡の警察は付近の住民を取り調べたが、犯人は見つからなかった。シプリアーノ・クロスは私に、自分こそ彼の死をもっとも悲しんでいる者だと打ち明けたが、腐肉を入れた汚水に何度も頭を突っ込まれ、警察署の天井の梁に手首を縛りつけられたまま一晩中ぶら下がっていたそうである。彼は、皆からチョレンと呼ばれていたアンチョレナや、とりわけ被害者の兄であるファン・P・ペエスが疑わしいとほのめかした。かつてこの兄は、弟の太腿に鞭打ちを食らわせ、足をばたつかせてもがき苦しむ様子を眺めながら、もう二度と自分の前に姿を現すなと脅したそうである。

チョレンは薄汚れた善良なスペイン人で、電流を流した金属の棒を禿頭にあてがわれて拷問されたときの様子を面白おかしく話してくれた。土曜日の朝に押しかけてきた警官たちは、拷問のために車のバッテリーを利用し、それが終わるとチョレンが差し出したニワトリとカモをぶら下げて悠々と引き揚げていったそうである。

もうひとりの容疑者（これはあくまでもクロスの推察であり、実際にその人物が警察に取り調べられることはなかった）は、見事な射撃の腕前によって一目置かれていたホセ・パルドである。あるとき、パルドに憎しみを抱くひとりの男が、パルドと仲のよいあばずれ女（口さがない連中によると、彼女はパルドの愛人ということであった）に発砲するという事件が起こり、それを機にパルドは村を離れた。ガウチョとして暮らしを立てていた彼は、普段はバイクに乗って村を移動し、その小屋には電気が引かれていた。私はかつて金庫のダイヤルの番号を失念し、鍵までなくしてしまったことがあった。フランス銀行の担当者に相談したところ、金庫の扉を開けるには少なくとも一週間はかかるだろうという返事であった。私はホセ・パルドに相談した。すると彼は、私が食事をしているあいだに金庫の扉をいとも簡単に開けてしまったのである。

農場主としての生活をつづけるうち、私は次第に、自分に会いにやってくる人々がかつて私の父や祖父に期待していたのと同じ役割をこの私にも期待していることがわかってきた。それはほかでもない、各々が抱える問題を解決に導くという役割である。そうした期待に応えることができないことはこの私が一番よく知っていた。

幸福のイメージ

シルビナと私にとって、移動式の家屋こそ幸福のイメージそのものだった。旅をしながら家ごと移動する。これ以上にすばらしいことがあるだろうか？　コルドバ旅行を前に、私たちは思い切ってキャンピングカーを購入することにした。食堂兼寝室に炊事場とトイレが付いたツイッター社製の車に目をつけた私たちは、購入する前にちょっとした改造をメーカーに依頼し、私がいつも運転していたクライスラーのタイヤと同じ型のタイヤを取りつけてもらった。そうすれば、クライスラーのスペアタイヤがそのままキャンピングカーにも使えると考えたのである。こうして私たちは、念願のコルドバ旅行へ出発した。ドラゴと私が運転席と助手席に座り、シルビナとデンマーク犬のアヤックスが後部のトレーラーハウスに乗り込んだ。ところが、走り出してまもなく、タイヤに自然とブレーキがかかるような、あるいは車が後方へ引っぱられるような奇妙な感覚に襲われた。そのまましばらく走りつづけるうちに、私たちはようやくその原因に思いあたった。改造の際に取りつけたクライスラーのタイヤが大きすぎたのだ。そのため、わずかな振動によってもキャンピングカーの車体がタイヤをこすることになり、自然とブレーキがかかってしまうのである。その日、私たちはロサリオ郊外で一泊した。シルビナが鍋で温めてくれた〈クアケル〉社のスープを飲んでいるとき、うっかり鍋をひっくり返してしまい、コルドバ滞在に備えて用意してきた服を汚してしまった。物好きな連中がときおり窓の中を覗きこんでは私たちの安眠を妨げたことを別にすれば、その夜はよく眠ることができた。長旅を終えてようやくコルドバへたどり着いたとき、車のエンジンはほとんど壊れかけていた。この旅を通じて私たちは、幸福のイメージというものが実際の幸福とは別物であるという教訓を得た。

初めてのテレビ出演

一九八八年、私に〈カプリ島賞〉を授与してくれた人たちからテレビ出演の話を持ちかけられた。彼らに恩義を感じていた私は出演を承諾した。収録はローマのイタリア放送協会《RAI》で行われることになった。ホテルを出る前、私は自分自身に言い聞かせた。「どうせ人前に出てもぱっとしないのだから、せめて外見だけでも繕わないと」。髭を剃りはじめたとき、オランダにいるグロリア・ブランコから電話が入った。髭剃りがまだ終わっていないことをすっかり忘れてしまった私は、電話を切ると、きれいにアイロンがけされた状態でハンガーに吊るされているフランネル地のグレーのズボンに足を通した。しばらくすると迎えの車が到着し、私は運転席の右側の助手席に腰を下ろした。上体を落ち着かせようと両足を広げ、下に目をやった瞬間、あまりの驚きに叫び声を上げそうになった。ズボンの前開きの部分がぱっくりと裂け、絹の裏地が羽を広げた蝶のように露出していたのである。おまけに、ズボンの右足の部分に小さな孔が点々と穿たれており、そこからブリーフと太ももが覗いていた。

「これではとてもテレビに出られない。ホテルに引き返して別のズボンにはきかえなければ」。呻くような私の訴えを耳にした運転手は、「そんな時間はありませんよ」と吐き捨てるように言った。「では、どこかズボンの売っている店を探してください」。「まだ四時半ですからね、店は全部閉まっていますよ。ローマでは五時半までが閉店時間なんです。それに、もう目的地に着いていなければならない時刻ですよ」。

万事休す、私は思わず顔に手をやった。そのとき、顔の右半分の髭が剃り残されていることに気づいた。泣き面に蜂とはまさにこのことだったが、それでも私はなんとか気を取り直そうとした。放送局に到着すると、さっそくカメラの前に正面を向いて座るように指示された。私は右手で上着の裾を引っぱり、ズボンの裂け目を隠そうとしたが、カメラマンは残酷にも、上着の前をもう少しはだけるように、身振りを交えた合図を送ってきた。それでも私は手の位置を変えようとはせず、ささやかな抵抗を試みた。

思考というよりも厳密さ

自宅で催されたパーティーの席上、私はペドロ・エンリケス・ウレーニャとアマド・アロンソ、少し離れてカルロス・マストロナルディが立っているあたりに近づいていった。最初の二人は、いかにも作家同士の会話といった次のようなやりとりを繰り広げていた。「あの作家の生まれはたしか……」、「彼の最初の作品は……」、「しかし彼の名声を高めたのは何といっても……」。少し離れたところから二人の会話にじっと耳を傾けていたマストロナルディは、頭を左右に振りながらぶつぶつ呟いていた。「事実、日付、日付、事実……」。

田舎の人間として

シャッシャの『記憶に値する格言』を読んでいるとき、次のような一節が目を惹いた。「バスクの家族的伝統においては、土地を売るという行為は、思慮分別や名誉をないがしろにせずには行うことのできない振る舞いのひとつと考えられていた（われわれにとってより身近な例を挙げると、地方の田舎では、土地の売却をそそのかすことは相手に対する侮辱と受けとられ、「買うのはいいがけっして売りはしないぞ」という誇りに満ちた答えが返ってくるのが普通である）」。

私は多くの点で都会人とみなされがちだが、本当は田舎の人間なのである。農場経営に携わっていたとき、私は自らが所有する何ヘクタールもの土地を売らなかったばかりか、近所で売りに出ている土地を買うことさえあった。そもそも私は最初から、自分が経営者に向いていないことがよくわかっていた。私にはその資質が欠けていたのである。つまり、経営者としての職分をまっとうするだけの器量が私には備わっていなかったのだ。それを少しでも埋め合わせようと自分なりに努力を重ねたことは確かだが、いかんせん農場主としての才能に生まれつき恵まれていなかったということである。

家族の物語

両親と。ブエノスアイレス州、パルドの
リンコン・ビエホにて、1916年。

母、マルタ・カサーレス

父、アドルフォ・ビオイ

左から――カルロス・メンディテギ、エンリケ・ドラゴ・ミトレ、アドルフォ・ビオイ=カサーレス、フリオ・メンディテギ

メンドサ、カチェウタ温泉にて、1922年。

ブエノスアイレス州、ビセンテ・カサーレスにて、1917年。

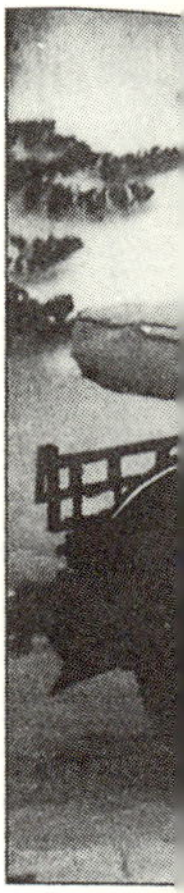

パルドのリンコン・ビエホにて、1922年。

ギゼーにて、両親と。1928年。

パスポート写真、1924年2月。

船内で遊ぶ。
1930年。

愛犬、アヤックスと。1931年。

コルドバのラ・クンブレで
愛犬アヤックスと、1932年。

上下とも——パルドにあるビオイ家の農場、リンコン・ビエホ。

ブエノスアイレス州、コルドバ、パレルモにて、母マルタ・カサーレスと。1950年。

ラ・クンブレで父アドルフォ・ビオイと。1932年。

シルビナ・オカンポが描いた
アドルフォ・ビオイ＝
カサーレスの肖像。

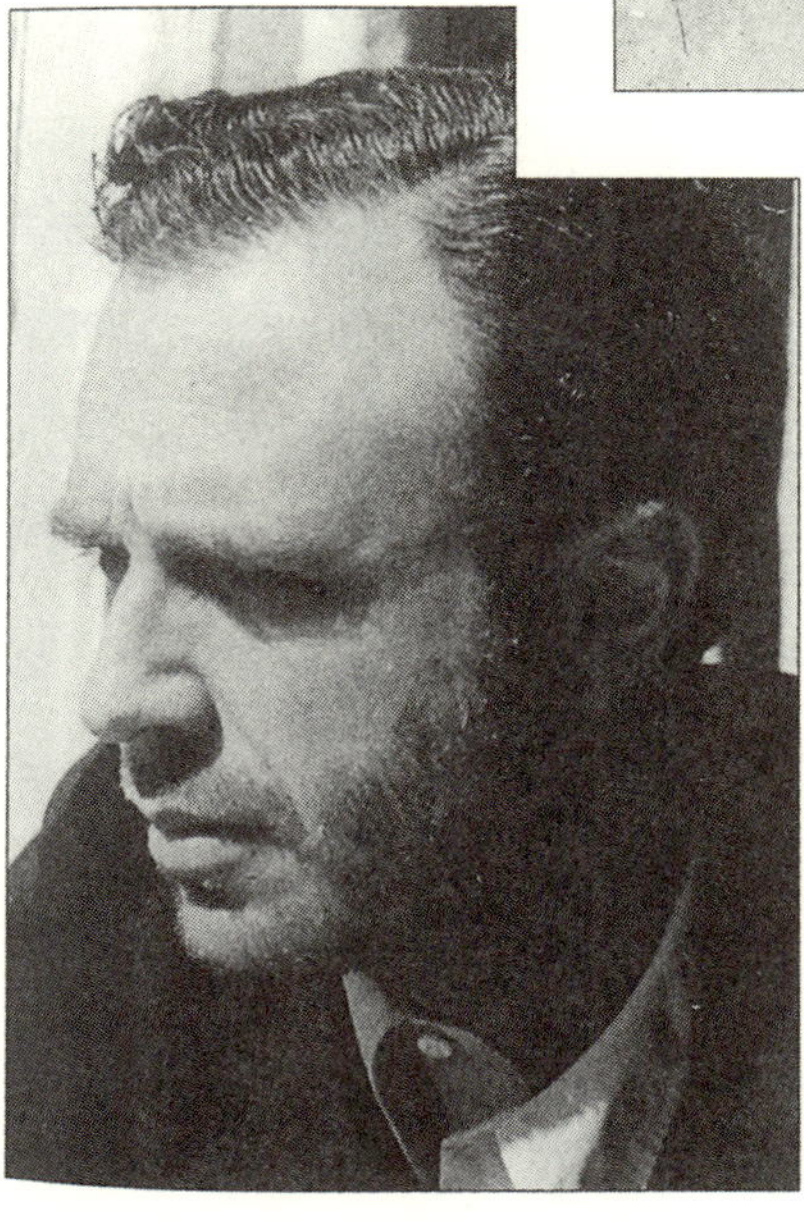

アドルフォ・ビオイ＝
カサーレス、1942年。

アドルフォ・ビオイ=カサーレスとシルビナ・オカンポ、愛犬ドラゴンとアヤックスの子サカストゥルと共に。パルドのリンコン・ビエホにて、1938年。

ブエノスアイレスのレサマ公園にて、
シルビナ・オカンポと。1939年。

パルドにて、語学教師アレハンドロ・プルマンと。1939年。

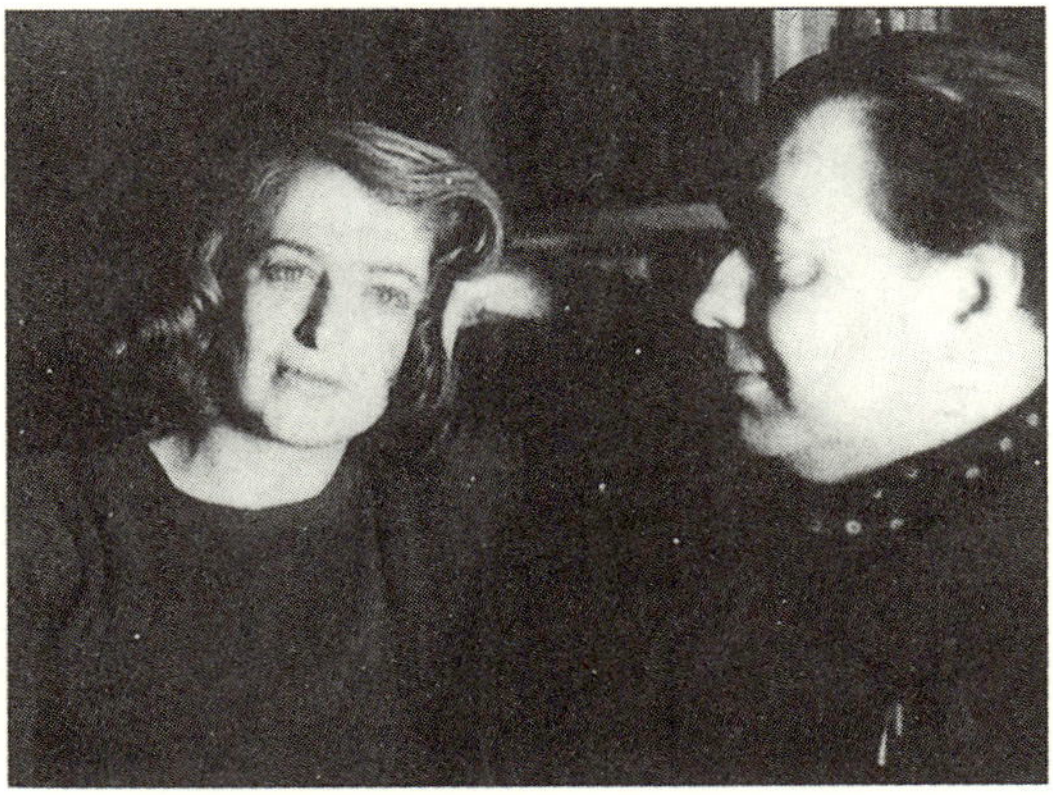

ブエノスアイレスにて、シルビナ・オカンポとホルヘ・ルイス・ボルヘス、1940年。撮影＝アドルフォ・ビオイ=カサーレス。

パルドのリンコン・ビエホにて、シルビナ・オカンポと共に。1938年。

パルドのリンコン・ビエホにて、1938年。
撮影＝シルビナ・オカンポ。

シルビナ・オカンポ、1930年。

パルドのリンコン・ビエホで、父アドルフォ・ビオイ。1961年。
撮影＝アドルフォ・ビオイ=カサーレス。

マル・デル・プラタにて、
娘のマルタ・ビオイと。
1959年。

パルドのリンコン・ビエホで、
シルビナ・オカンポ、マルタ・
ビオイ、アドルフォ・ビオイ。
1955年。

パルドのリンコン・ビエホで、ヒュー・ウォルポールを読む。1965年。

24

ビオイ家の祖先は、もともとベアルン地方[28]のオロロン・サント・マリーに住んでいたが、そこは谷間をいくつもの急流《ガーヴ》が走る地域である。その昔、この地方のフランス人が大挙してスペインへ移住したこともあり、スペイン人は「ピレネーのフランス野郎《ガバチョ》」という蔑称を彼らに与えた。私はつねづね、自分たちがベアルン人の血を引く一族であることを疑わなかったが、ポーに住む私の親類もそれが正しい考えであることを請け合ってくれた。一方、バスク地方のアスパレンに住むジャン・ビオイによると、ベアルンに編入される以前、アスプおよびオロロンの渓谷地帯がバスクの領土に属していたことから、われわれはバスク人の系譜に連なる一族だということになる。私の従姉妹でスヴィロンに住むポーレット・ビオイはこの説を真っ向から否定し、自分の出自が勝手に変えられることを絶対に認めようとしなかった。それどころか、じつはアンリ四世によってフランスがベアルンに併合されたのだと言い出す始末であった。ビオイという姓の由来については、これまでいくつかの説を耳にしたことがある。そのなかでもっとも説得力があるのは、ビオイという呼称が「二対二」を表す言葉に由来するというものである。反対に、もっとも的外れだと思われるのは、「きれいな」を意味するbéroileの変化形だという説である。また、前者ほど由緒を感じさせる解釈とは言えないが、後者ほど荒唐無稽でもない第三の説として、「二本の樫の木」を意味するというのもあった。やはり私の従姉妹でソビデに住むマルゴット・ビオイによると、ビオイ姓がじつはギリシアに由来するという説を唱える人もいるそうで、いまやビオイ姓を名乗るのはこの世で私たちだけであるという興味深い事実を教えてくれた。

私の祖父フアン・バウティスタは一八三八年、アントワーヌ・ビオイという人物とポエ姓を名乗る女性とのあいだにオロロン・サント・マリーで生まれた。父の話によると、アントワーヌ・ビオイは一八三五年にパルドへやってきて、のちに私たちが所有することになる土地を借り受け、そこに家を建てたということである。マルゴットは、私たちの曽祖父にあたるこの人物がパルドへやってきたというその話をまったく信じていない。

一方、フランスからやってきた私の祖父フアン・バウティスタは、親しい友人であったウダオンド家の人々と一緒にブエノスアイレスで働きはじめた。彼はその後、グアルディア・デル・モンテとラ・ナランハ（もともとはラ・コロラダと呼ばれていたが、現在はドクトル・ドミンゴ・アロステギという名で知られる）で土地を借り受けた。祖父はルイザ・ドメックという名の女性と結婚したが、彼女は一八四四年にピエール・ドメックとマリー・ミランドの娘としてジャスに生まれた。私の祖母にあたるこの女性は、十四歳のとき、二つ年上の姉とともにアルゼンチンへ渡り、ミランド家の伯父夫婦の家に身を寄せた。フランス資本の鉄道会社に勤めていた伯父夫婦は、二人の姉妹を中等学校へ通わせた。ドメックあるいはデュメック家の人々は、ナヴァランクスの城塞都市の近くに位置するジャスの出身だった。貴族の血を引く彼らは、ブルジョア階級出身でもとはユグノー教徒だったビオイ家の人々をいくぶん見下していた。一方、金物商として財をなしたビオイ家の人々は、「使い古しの役立たず」といってドメック家の人々を馬鹿にした。押し出しの立派なハビエル老人は、私の伯父フアン・バウティスタの話によると、かつて密輸に手を染め、ねじや釘などがフランスよりも安く手に入るスペインへ頻繁に足を伸ばしたそうである。ポーにしばらく滞在したとき、私はそこの自動車修理工場で丁重なもてなしを受けた。修理工場の人々は、ダブル・フェートンのロシェ・シュナイダーを運転していたビオイ姓を名乗る老紳士のことをよく覚えていたのだ。

一八五〇年代の終わりごろ、祖父は妻を伴ってパルドのリンコン・ビエホへ移った。当時、そのあたり一帯は〈エル・サウセ〉の名で知られていた。もともとは、幹線道路に面した場所に祖父が開いた雑貨店がそのような名前で呼ばれていたのである。農場はその後、私の伯父の勧めもあって、リンコン・ビエホと名づけられた。これは、雑貨店主としての過去と決別するためであると同時に、彼らの住む家が、そのころようやく設置されはじめた有刺鉄線の区画《リンコン》のすぐ近くにあったからである。

祖父には七人の息子（そのなかの一人エミリオは、生まれるとすぐに死んでしまった）と二人の娘がいた。何かの祝い事の際に正装した息子たちが勢揃いすると、祖父は誇らしげに彼らを見回しながら、ビオイ姓を名乗る子孫がこれからますます殖えていくだろうといって目を細めたそうである。もっとも、その夢が実現することはなかった。皆にカビートと呼ばれていた私の従兄弟フアン・バウティスタがこの世を去ってからというもの、ビオイ姓を名乗るアルゼンチン人男性はついに私ひとりになってしまった。ちなみにフランスでは、エドゥアール博士やジャンをはじめとする親類の子供たちが依然として健在である。

私がかつて聞いた話によると、私の伯父や叔父たちのなかで、ハビエル、エンリケ、ペドロ・アントニオの三人は自ら命を絶ったということである。従姉妹のマルゴットによると、ハビエルの死因は自殺ではなく病死だという。一方、私の父によると、ハビエルは梅毒を患い、最後は狂死したそうである。

エンリケは私の両親からとても愛されていた。自殺を遂げた年、どうやら彼は「風変わりな商売」に手を出して莫大な損失を蒙り、さらにウダオンドという姓の婚約者に捨てられたそうである。エンリケは、たまたま両親の旅先のフランスで生まれた弟のアウグストに、対ドイツ戦への従軍を望んでいたようだ。ところが、皆から「フランス人」と呼ばれていた当のアウグストは、家族の誰よりもフランスに対して冷淡であり、兄の期待に応えるつもりもないらしかった。業を煮やしたエンリケは、ついに自ら志願するとまで言い出した。

一九一七年のある日のこと、私の両親はエンリケと一緒にパルドへ出かけることになっていた。ところがエンリケは、出発直前に、急用を思い出したので自分だけ家に残ると言い出し、明日は必ず農場へ行くと両親に告げた。ところが翌日、「エンリケ、キトク」という一通の電報が届いた。ロス・ピリネオス農場に滞在していたフアン・バウティスタは、これとまったく同じ文面の電報を受け取り、その瞬間「自殺だな」と思ったそうである。私の記憶が正しければ、エンリケはジョッキー・クラブで自ら命を絶った。

一九五〇年前後のことだったと思うが、父はある日、大切にしまっておいた懐中時計を私に譲ってくれた。私は、「ところで、どうしてエンリケの時計をくれないのですか?」と尋ねてみた。エンリケの時計は、父の時計とほとんど同じものであり、E・H・Bの文字が刻まれていた。父は、自殺した人間の遺品を身につけるのは縁起が悪いと考えていたようである。私はさらに、時計に刻まれたHの文字がいったい何を意味するのか聞いてみた。父の答えは、「自分の名前が短すぎると考えていたエンリケは、それを少しでも長くするために、新たなイニシャルをつけ加えたのだろう」というものだった。私の『日記』の一九六四年七月十九日の項を見ると、親類のなかでとくに同じ年頃のエンリケと親しくしていたアントニオ・サンタマリナが、私に次のような話をしてくれたことが記されている。エンリケとの愉快な思い出を楽しそうに語ってくれたアントニオは、突然、叫ぶように言った。「イラリオンHilarión、エンリケ・イラリオンだよ。あいつはたしか皆に見栄っぱりと呼ばれていたな。めかしこむのが好きでね。一九一一年、われわれはパリにいたんだが、あいつはしゃれたモーニングを着て山高帽をかぶってね、シャンゼリゼ通りを闊歩していたよ。とんだしゃれ者さ」。エンリケははたして本当にHの文字を自分の名前に加えたのだろうか。そして、彼の仲間たちが、イラリオンというおかしな名前の頭文字にちがいないと勝手に決めつけて彼をからかったのだろうか。それとも、彼は本当にイラリオンという名前だったのだろうか。もしそれが彼の本名であり、彼自身おかしな名前だと考えていたとすれば、法学の博士論文の署名にわざわざHの文字を記すこともなかったであろう。いずれにせよ、エンリケはまったく哀れな人物である。というのも、彼が備えていた数々の美点——すぐれた知性、寛大さ、魅力的な性格——、私の両親が心から愛していたこれらの美点について、私は本書のなかでほとんど言及することがなかったからである。あたかも揮発性の物質のように、それらはことごとく私の手をすり抜けてしまった。

ペドロ・アントニオのことはいまでもよく覚えている。彼は、私や私の父と同じように痩せていて、とても気さくな人物だった。彼が総裁を務めていたアスル銀行が役員の不手際によって倒産に追いこまれたとき、ペドロ・アントニオは引責のつもりでピストル自殺を遂げた。私の記憶によると、彼の死骸はレコレタ地区の丘陵地にある洞窟で発見された。噂によると、自殺の名所としてつとに知られ、駆け落ちした若者たちの絶好の隠れ家として利用されていたこの洞窟は、その後しばらくして取り壊されたそうである。同じような洞窟はコンスティトゥシオン広場にも一つあった。

ファン・バウティスタとアウグストについては、非常に楽しい思い出がある。私が一九三五年にパルドの農場で働きはじめたとき、ファン・バウティスタは有益な助言をいろいろと与えてくれた。一方、アウグストは、まだ私が幼かったころ、よく散歩に連れていってくれた。なかでも私のお気に入りの場所は動物園だった。私の誕生日にすてきな贈り物をしてくれたのも彼である。

従兄弟のカビート・ビオイは、寡作ではあるがすぐれた詩人であり、また、偏執的な一面をもっていた。ある考えに固執していたかと思うと、すぐにそれを捨て去り、今度はまったく別の考えにとりつかれるのである。ある時期、彼は私と顔を合わせるたびに、「現在にいたるまで、あらゆる時代を通じて、アルゼンチンが生み出したもっとも偉大な作家といえば、リカルド・グイラルデスをおいてほかにいないと思わないか?」と問いかけてきたものである。ところが、その後しばらくして再会すると、作家としての才能に恵まれなかったグイラルデスは、文字どおり文学史上最悪の作家だとは思わないか、と同意を求めてくるのである。レオポルド・ルゴーネスや、『裕福な農場主たる未亡人』の作者ロベルト・パイロについても同様で、彼らの作品を手放しで称賛していたかと思うと、ある日突然、手の平を返したように今度は容赦のない悪口を浴びせるのである。

カビートは、父親が健在だったころは親子関係がうまくいかないこともあったようだが、それを除けばごく普通の少年だった。ところが、次第に放埓な生活に身を任せるようになり、詩作からも遠ざかると、雑多な本を読み散らしてはとりとめのない思索に耽るようになった。彼はつねに礼節を重んじる人間だった。仲のよいシュル・ソラールや太っちょのモスケラ、それにホルヘ・カルヴェッティの三人は、彼に会うためにときどきボリバルのロス・ピリネオス農場を訪ねた。カビートは、国会議事堂広場の正面にある本屋の使い走りをしたことがあるくらいで、定職につくことはなかった。ある日、ボルヘスに会うために国立図書館を訪れた彼は、館内への立ち入りをなかなか許してもらえなかった。浮浪者と間違えられたのである。

カビートをよく知る人々はみな彼のことを愛していた。かつてエスパニョール・ホテルの調理人をしていた男が、私の友人で整体療法の専門家でもあるキベオ氏と世間話をしていたときのことである。キベオ氏が私の治療を担当していることを話すと、彼は、自分もやはりビオイの友人で、ビオイが亡くなったという知らせを受け取ったと断言したそうである。「私がお話しているのはあの作家のビオイのことですよ」とキベオ氏が言うと、「もちろん承知しています。この私をいったい誰だとお思いですか。カフェ（気の置けない連中が夜ごと集まっていた五月大通りにあるカフェ）では皆が彼のことを詩人と呼んでいましたよ」と答えたという話である。

カビートが病気で入院すると、カルヴェッティがよく病院まで見舞いに行った。カビートは死ぬ間際までタンゴを口ずさみ、軍事政権を揶揄する歌を歌っていたそうである。ついに彼が息を引きとった日、遺族はレコレタ墓地にある墓の鍵をあちこち探し回ったが、どうしても見つからなかった。あとになってわかったことだが、墓の鍵は、タパルケ郡のウフコに住む私の従姉妹ニナ・ビオイ・ゴロスティアガが保管していた。結局、棺を安置する場所がほかに見つからなかったため、ある海軍大佐が気を利かせて、親切にも自分の家族の墓を開放してくれた。

ビオイ家の人間に特有の癇症は、遺伝によって、あるいは先人に倣うという習慣を通じて、代々受け継がれてきた。マルゴットによると、私の祖父は、晩年はかなりの癇癪持ちだったそうである。孫たちは祖父が振り回す長い杖の射程を十分に心得ていて、つねに一定の距離を保つように心がけていた。私の父も、私がまだ幼い時分は毎朝のように癇癪を起こしていた。使用人として働いていたペルー人のカルロス・ムヒカは、父に大変かわいがられていたが、癇癪の矛先がしばしば自分に向けられるのをなかばあきらめ顔で甘受していた。また、家族の皆から愛されていた使用人のエルネスト・ピサビーニが父の書斎でこっぴどく叱られたこともあった。父の不機嫌はときに昼食の時間まで尾を引くこともあったが、母はけっして冷静さを失わず、黙ったまま父の顔をじっと見つめるのだった。父が自室へ引き下がると、私は母をなだめすかし、それがうまくいくと今度は父の書斎へ顔を出し、もう戻ってきても大丈夫だと告げるのである。父の癇症は時とともに次第に収まり、腰痛と同じく最後の十年間はすっかり影をひそめた。

マルゴットによると、カビートもじつは癇癪持ちだったということだが、私も幼い頃はそうだった。もっとも、咎めるような母の厳しい視線に接すると、私の怒りも自然に収まった。

前にも述べたように、ドメック家の人々は、ベアルン地方のジャスの出身であった。その祖先には、十二世紀のトロサの包囲戦に参加した戦士がいたらしい。彼は自軍の大将を褒め称えるために「ドゥメック！ドゥメック！」と雄叫びをあげたという話だが、それは彼が用いていた方言で、「わが主人のために」、あるいは「わが一族のために」を意味するそうである。

スペインにブドウ畑を所有していたドメック家の人々のなかには、イギリスへ渡ってシェリー酒の輸入を手がける会社を興した人物がいた。その会社には、ジェイムズ・ラスキン（かの有名な作家ジョン・ラスキンの父にあたる人物である）とヘンリー・テルフォードが共同経営者として名を連ねていた。それぞれの役割分担は、ドメックが経営を、テルフォードが渉外を、ラスキンが会計を担当するというものであった。

のちに作家となる幼いラスキンは、アデーレ・クロティルド・ドメックという名の女の子とよく遊んでいた。彼女はラスキンの父親の仕事仲間であるドメックの長女だった。彼女に淡い恋心を寄せていたラスキンは、フランス語でしたためた恋文を彼女に書き送ったが、アデーレ・クロティルドが容赦なく彼のフランス語をあざ笑い、その恋心をもてあそんだために、彼は生涯を通じて性的不能に陥ってしまったそうである。

ところで、私の祖母と祖母の姉のほかに、長兄のフアンをはじめ、エンリケ、ペドロの三人兄弟もブエノスアイレスへやってきた。ブエノスアイレスの郊外で働きはじめた彼らは、農場を買い入れ、そこで子供たちを養った。フアンはまとまった財産を築くとフランスへ戻り、パリという名のコーラス・ガールと結婚した。ところが、それから程なくして彼は世を去ってしまった。夫婦が住んでいた屋敷はパリ家が所有することになり、祖母はもちろん、屋敷を購入しようと考えていた祖父は少なからず気を悪くした。六七年か七〇年の渡仏の折、私はその屋敷を訪ねてみた。驚いたことに、整備されたばかりの街路によって建物はまっぷたつに分断されていた。一方の家屋は住居としての外観をそれなりに保っていたが、もう一方は、廊下と屋根裏部屋だけがかろうじて残されているという有り様だった。

私の記憶、あるいは父の話によると、ドメック家の人々は地下墓地に葬られ、それぞれ上等の服を着せられて腰を下ろし、生前と同じように部屋のなかで世間話に興じているかのような格好で安置されているという。ジャスを訪れた際、私はドメック家の墓を見せてもらった。古い教会に案内されると、どこの墓地にでもありそうな大理石の墓碑がいくつか教会の中庭に立っているのが見えた。そのなかの一つにはドメックという文字が刻まれ、パリという字が刻まれた墓碑もあった。詳しい話を聞き出すことは何となくはばかられた。いずれにせよ、読者諸賢にはどうか私の父が嘘つきだったなどと考えないでいただきたい。おそらく父は、第一級の語り部《トゥシターラ》として、真実よりもフィクションを好むところがあったのだろう。ボルヘスは、一場の夢に過ぎないこの世の現実が一篇の架空の物語よりもより真実であるとは必ずしもいえないという考えから、知性の産物である架空の物語と偶然性が支配するこの世の現実を対置させたうえで、前者のほうに重きをおいていた。例えば彼は、生まれて初めて読んだマーク・トウェインの小説は『トム・ソーヤーの冒険』であるが、それほど好きになれなかったこの作品は、「現実世界の愚かな法則」によってたまたま最初に手にとっただけであり、そういう意味では、あとから読んだにもかかわらず、心の底から夢中になり、大きな感動を与えてくれた『ハックルベリー・フィンの冒険』こそ、最初に読んだマーク・トウェインの作品だと言うべきである、といったようなことを話してくれたことがある。父から聞いた話のなかで、時間の経過とともに真実性を獲得しなかったような話はひとつとして存在しないといってもけっして過言ではない。

私がパルドで一九三七年ごろに書いた詩のなかには、上品な服を身につけた格好で椅子に腰を下ろし、そのままの姿勢で地下に葬られているドメック家の人々を詠った作品が含まれている。

ドメック家とビオイ家のあいだに心情的な対立があったように、ビオイ家とカサーレス家のあいだにもやはり似たような対立関係が生じた。カサーレス家（マンシジャ[*29]の表現を借りれば、カサーレス一族ということになるのであろうが）こそ地の塩であると確信していた私の母は、ビオイ家の人々をあまり好意的な目では見ていなかった。彼女の話によると、自宅に電話がかかってくるたびに何かよくない知らせではないかと思って不安になったそうであるが、実際のところ、用件の多くは私の父を悩ませるものばかりだった。その一例が、法律を勉強していた私の従兄弟をめぐる騒動である。彼は、静かな環境で勉強に身を入れるためと称して、自宅の最上階に自分専用の個室を作ってもらった。両親をはじめとする家族は、試験を受けるたびに好成績を収め、学校の先生からたびたびお褒めの言葉を頂戴していた息子のために立派な勉強部屋をこしらえてやるのは当然のことであり、そのためにいかなる犠牲を払おうとも、その労苦はいずれ十分に報われるにちがいないと信じていた。しかし、そんな期待もついに裏切られる日がやってきた。彼がじつは大学に通っておらず、試験はおろか授業を受けたことさえ一度もないことが明らかになったのである。その後、彼は私の父の推薦を得てある銀行に勤め、自らの功績によって会計係の地位に収まったが、まもなく金庫の金をくすねてモンテビデオへ逃亡してしまった。

そんなことも影響していたのか、私はビオイ家の人々よりもカサーレス家の従兄弟たちと顔を合わせることのほうが多かった。最近になってマルゴットが話してくれたところによると、彼女の家では、マルゴットとその兄弟が私と親しく口をきくことを快く思っていなかったそうである。私が乱暴で下品な言葉を使うからであり、彼らはその原因を、私がカサーレス家の人々と親しくしていることに求めていた。この話は私にはまったく意外だった。というのも、私は普段から下品な言葉など口にしないし、かつて口にしたこともなかったからである。私の父とオリベリオ・ヒロンドがパリでばったり出くわしたとき、私はヒロンドが品のない言葉を平然と口にするのを聞いて少なからず驚いた。いま思うと、そのときの私の驚きは、彼の言葉遣いによるものではなく、それが立派な身なりをした紳士の口から発せられたことによるものだった。もっとも、マルゴットが私について家族から聞かされていたことは、まったくの的外れというわけでもないと思わないこともない。聖体拝領のとき、私はデボート師に告解を行った。師はよく通るもったいぶった声で、いったいどのような罪を犯したのかと尋ねた。私は「肉体関係をもってしまった」ことを告白した。すると師は、「相手は男かね、女かね」と聞いてきた。私は急いで、相手はいつも男であるとつけ加えた。要するに私は、「肉体関係をもつ」fornicarという言葉が「下品なことを口にする」という意味であるとつねづね教えられていたのである。

私の母をはじめとするカサーレス家の人々の信念、すなわち、自分たちこそ世界でもっとも優等な家系に属しているという信念は、しばしば私には滑稽なものに思われ、同時に幻滅を抱かせるものでもあった。たとえば、私の伯父のフスティニアノは、善良この上ない人物であったが、配偶者の家系をまったく尊重しようとはせず、トロンパドゥール侯爵夫人だのティサ侯爵だの、何かというと自分の家系の自慢話を始めるのである。祖母にいたっては、カサーレス家以外の人間は、娘婿にせよ他家から嫁いできた娘にせよ、可能なかぎり排除されるべきよそ者forastero（いまなら他人foráneoというべきかもしれない）であるという盲目的な信念を、ほとんど悲壮なまでに（彼女はあのリンチ家の血を引く女性ではなかったか?）持していた。事実彼女は、ビセンテ・R・カサーレス（自分の父親が他界したとき家族を破滅から救った人物である）の名を遺言状から外し、サン・マルティン農場の相続権を、他家の血にいまだ毒されていない独り身の息子、ただし少々気のふれた息子に譲ったのである。私の母もやはり、自分の父親や兄弟に対する尊敬の念を悲壮なまでに抱いていた。ところで、伯父のフスティニアノは、数々の逆境を耐え忍ぶ不屈の精神と手先の器用さによって特筆に価する人物であった。大工仕事に長けていた彼に、さまざまな楽器を器用に演奏する才能にも恵まれていた。一方、ミゲルは、「魅力的な」という言葉がまさにぴったりの人物だった。大変な読書家だった彼は、ユーモアの精神の持ち主でもあり、毎週土曜日になるとわが家で昼食をとり、週末には私の両親と一緒に映画に出かけた。ビセンテは、私たちにとっては何よりもまず、サン・マルティン農場の経営に携わる有能な人物であり、〈ラ・マルトナ〉社の経営においても中心的な役割を果たしていた。私の祖父が他界したころ、この会社は倒産の危機に見舞われていた。ところが、当時まだ若かったビセンテの働きによって、アルゼンチンでもっとも有名な乳製品会社へと成長したのである。かつてブエノスアイレスの人々にとって、乳製品会社といえばすなわち〈ラ・マルトナ〉を意味するほどだった。すでに述べたように、私の祖母は遺言によって農場の相続権を息子のグスタボに譲ったが、このときビセンテは、自分が建てた農場の家屋が弟の手に渡ってしまうという屈辱を味わった。ビセンテはそれまで、弟が会社の幹部の地位にとどまるのを黙認してきたが、それ以降、彼を退職に追い込むために陰でいろいろと画策するようになった。このように、祖母の遺言状は家族の不和を引き起こし、会社経営も悪化の一途をたどった。

この出来事は私に、次のような教訓、すなわち、人間は孤独のなかに閉じ込められるとしばしば独断的になることがあり、思慮分別を健全に保つためには隣人との対話が不可欠であるという教訓をもたらした。私たち人間はたった独りでいると、とかく過ちを犯すものである。遺言状というのはいわば、家族の結束を一瞬にして台無しにしてしまう爆弾のようなものなのだ。

25

カサーレス家の祖先はビスカヤのソモロストロの谷にあるサン・ペドロ・デ・アバントの出身である。最初にラプラタ地方へやってきたのは、ビセンテ・デ・カサーレス・イ・ムリエタという人物であった。弱冠十五歳にして単身海を渡った彼は、フアン・ガライという人物が経営する商店の従業員として働きはじめた。ところが間もなく、イギリスによる二度目の侵攻が街を襲った。彼はカンタブリア義勇兵部隊の一員として、七月二日から四日にかけてバラカス橋およびミセレレの戦闘に加わり、イギリス軍のデニス・パック大佐を降伏させた一八〇七年七月五日の五月広場を舞台とした戦闘においても兵士として勇猛果敢に戦った。大隊とともにサント・ドミンゴ修道院へ足を踏み入れた彼は、自軍の勝利を称えるバスク語の叫びに唱和した。二十歳になると、副王政府の財務官の娘でロホという名前の女性と結婚した。

その後、ニコラス・アンチョレナおよびロネルという名の人物が、大量のアルゼンチン産の農産物を託して彼をヨーロッパへ派遣した。アンチョレナ・イ・ロネル商会の駐在員としてロンドンに滞在した彼は、そこで豊富な人脈を築き、商品取引所への出入りを許されるまでになった。さらに、本格的に英語を勉強するために学校にも通い、妻を故郷に残したまま足掛け三年ものあいだ学生生活を送った。その間、パリとベルリンにも足を伸ばした。アルゼンチンへ帰国してからは、カサーレス・エ・

ノホス商会を立ち上げ、これとは別に沿岸交易会社も設立した。

自らの会社が所有する船舶に乗り込んでフランスとイギリスの艦隊による海上封鎖を巧みに切り抜け、モンテビデオへ渡ることに成功した彼は、そこでブエノスアイレスへ送るための物資を買いつけた。運悪く敵軍に捕えられたこともあったが、ロンドン滞在の折に親交を結んだマッキャン提督の計らいによって無事釈放された。

リバダビアが亡命した際には、カサーレスの会社が所有する船が彼をヨーロッパへ運んだ。カサーレスには十人の子供がいたが、最初に生まれた息子が私の曽祖父にあたるビセンテ・エラディオである。この人物についてはロマンチックな逸話が伝えられている。恋人のマリア・イグナシア・マルティネス（デ・オス）と結婚するために、ビセンテ・エラディオは彼女を無理やり連れ去ったのである。まだ若すぎるという理由から彼女の家族は娘の結婚に反対していた。しかし彼女はすでに二十一歳を迎えており、現在から見ればけっして若すぎるということはないし、当時でさえ十分に適齢期に達しているとされる年頃だった。私は二人が交わした手紙を保管しているが、綴り間違いが散見される手紙の書き出しはいつも、「わが愛しき友よ」という文句で始まっていた。農場主であったビセンテ・エラディオは、銀行家としても財をなした。これは父のムリエタから受け継いだ仕事であった。第一次世界大戦直後までロンドンにはムリエタの名を冠した銀行があった。私の祖母は、夫の両親のことに話が及ぶと、ドン・ビセンテ父上とか、マリア・イグナシア母上などと敬称をつけて呼んだものである。カサーレス家が所有する別荘は、カタマルカ通りとチリ通り、フフイ通り、メキシコ通りに囲まれた一画にあった。

私の祖母エルシリア・リンチ・デ・カサーレスは、HとSの文字を使って署名するのを習慣としていたが、EとCを署名に用いる女性を下層の階級に属する人々とみなしていた。彼女は、HとSを用いることが許されているのはこの世でたった自分ひとりだと信じていた。彼女の父は、パトリシオ・リンチという名のアイルランド人で、軍人だった彼は、イギリスによるブエノスアイレス侵攻の際、カルメン・ビデラという女性に命を救われた。ブエノスアイレスの防衛に携わる民兵隊の兵士が、負傷した彼の体に銃剣を突き刺そうとしたまさにそのとき、カルメン・ビデラが間に入って助命を請うたのである。パトリシオ・リンチはその後、モンテにあるラ・トリニダー農場に軟禁された。監視の任に当たったヌニェス大佐は、カルメン・ビデラとの面会を彼に許し、二人は恋人同士として結婚を約束する仲になった。

リンチ家の人々は統一派《ウニタリオ》を支持していた。そのなかのひとりであるリンチ大佐は、モンテビデオへ亡命しようとした矢先、秘密警察《マソルカ》に捕らえられ、斬首された。リンチ家に伝わる青い縁取りの一揃いの食器は、その一部がいま私の手許にある。

リンチ家の私の大伯父にあたる人は、われわれにとって教訓となるような、寓話的な人生を送った。若いころ周囲の人々から放蕩者と噂されていた彼は、おそらく道楽三昧の生活にさらに磨きをかけるつもりだったのだろう、ある日パリへ旅立った。そこで彼は〈ボン・マルシェ〉の売り子と結婚し、パリに居を構えることになった。というのも、故郷の姉妹がこの花嫁との付き合いを望まなかったからである。私の父やミゲル・カサーレスの話によると、花嫁は夫の姉妹と驚くほどよく似ていたという。
初めてフスティニアノに出会ったとき、私にはずいぶん年配の人物に思われた。灰色がかった浅黒い肌の彼は、同じく灰色がかった口髭をたくわえ、鼻にかかったような声を出し、いつも同じ灰色の手袋をはめていた。私の父に会うと、父のお気に入りだからといって葉巻をプレゼントするのだが、じつは父は葉巻を毛嫌いしていた。

四〇年代にブエノスアイレスへ戻った彼は、ビセンテ・ロペス広場に面した場所に新築の家を建てた。屋内には、快適な生活を送るためのさまざまな設備がしつらえられていた。ところが、新居へ移ってから数ヶ月もしないうちに、彼は突然この世を去ってしまった。

私の大伯母については、ドゥルセ・デ・レーチェにまつわる思い出がいまも記憶に蘇ることがある。身内が〈ラ・マルトナ〉社の経営者だったことから、私の祖母の家には毎日のように瓶詰めのドゥルセ・デ・レーチェやその他の乳製品が送り届けられた。私は、次のような会話が食堂係のアントニオと彼女のあいだに交わされるのをよく耳にした。

アントニオ――……夫人[原註1]におすそわけするための瓶がまだいくつか残っていますよ。白い小さな斑点が浮き出ています。

祖母――すぐに先方へ届けてちょうだい、アントニオ、すぐによ。

私の祖父ビセンテ・L・カサーレスは、ヨーロッパ旅行からの帰途、たくさんの絵画を持ち帰ったが、いずれも私にはひどい代物に思われた。彼はいくつかの銀行の総裁(そのなかのひとつラ・ナシオン銀行は、祖父自身が設立にかかわった)を務めただけでなく、農場経営にも携わり、乳牛や肉牛の輸出入を手がける会社を興した。また、アルゼンチンの幼児死亡率が高いことに心を痛めていた祖父は、イギリスやアメリカの企業家と対等に渡り合いたいという野心も手伝って、〈ラ・マルトナ〉社を設立するにいたった。その彼が亡くなったとき、今後も裕福な生活をつづけられるものと思い込んでいた家族は、じつは自分たちが経済的困窮の瀬戸際に立たされていることを知り、可能なかぎり出費を抑えるためと称して、私の祖母を二年のあいだフランスへ送った。祖父が親交を深めていた友人のなかには、ペレグリーニ、[*30] エセキエル・ラモス・メヒア、ロケ・サエンス・ペニャなどがいた。サエンス・ペニャは、「ビセンテと私はまるで兄弟のように仲がよかった」と述懐している。

私はかねがね、物語作家としての勝手な思い込みから、冒険というものは所詮、小説のなかの出来事であり、実際に体験されることがあったにしても、それはあくまで例外であり、小説に比べるとはるかに色褪せた味気ないものであるにちがいないと考えていた。しかしいままでは、誰でも一族の歴史をさかのぼってみれば何らかの冒険に必ず出くわすはずだと確信している。銀行家や商人の家系であってもそれは同じである。かつて私の母は、歴史の本をたくさん読むように勧めてくれたが、それも理由のないことではなかったのだ。

原註1　私の祖母の姉のことである。

私の著書について

26

エレナ・ガーロは一九五五年、『驚異的な物語』の出版をメキシコの知り合いに働きかけてくれた。そのおかげで、作品は一九五六年、メキシコのオブレゴン社より刊行された。一九六一年にアルゼンチンのエメセ社から出版された初版には、「二つの側から」と題された短篇が新たにつけ加えられた。「驚異的な物語」に登場するホテルの描写は、友人のマリア・ルイサ・アウボネが書き送ってくれた手紙の内容にもとづいている。この短篇小説には、私の作品におなじみの二つのテーマが見出される。ひとつは仮面のテーマであり、もうひとつは仮面の匿名性、あるいは神や猛獣の存在によって引き起こされる抑圧の解放のテーマである。同じ短篇集に収められた「他人の女中」は、『ルイス・グレベ死す』のなかの一篇「どのようにして私は視力を失ったか」に手を加えたものである。「二つの側から」は、私の幼少時代の思い出を盛り込んだ短篇だが、過去の記憶を作品に取り入れるのは実際のところなかなか難しいものである。作者の記憶のなかで魅力的な輝きを放っていた数々の思い出は、紙の上に書き写されるや、ある種の不可思議なメカニズムによって嫌味な甘さをたたえてしまうからである。

『大空の陰謀』と『驚異的な物語』に収められたいくつかの短篇は、大きな失望を私にもたらした。書き上げたときは確かな手応えを感じたのだが、いざ読み返してみると、あまりにも作為的な作品に思われたのである。私は、自分がそれまでに学んできた小説作法を機械的に応用しているにすぎないことに気づいた。ある秋の日、プンタ・デル・エステの松並木を散策していた私は、これまでの自分が、自分だけでなくほかの誰にとっても理解しがたいことばかりを題材に選んで創作に励んできたことに思い至り、これからは自分が多少なりとも理解していることをテーマに作品を書いていこうと決心した。そして、幻想的な作品ではなく、人生のさまざまな出来事を扱った作品、とりわけ感傷的な出来事を扱った作品を書いてみようと思った。私はかつて『ユリシーズ』のなかで、感傷的な人間というのはすなわち自分が実際に感じていないことについて語ることができる者のことであるという記述を読んだことがあるが、そのときの私には、この定義がまさに自分にぴったり当てはまるように思われたのである。こうして私は、『花環と愛』を構成する諸短篇を書き上げた。それらはのちに、さらに新たな短篇を加えて『愛の物語集』として刊行された。この作品集は、イタリア語へ翻訳したジュリアーノ・ソリアによっていみじくも『愛のある物語／愛のない物語《ストーリエ・コン・エ・センツァ・アモーレ》』というタイトルがつけられた。『花環と愛』を構成する諸作品は、『大空の陰謀』および『愛の物語集』に収録された作品に比べるとより短く、より直接的な表現で書かれており、作為の跡もそれほど目立たない。執筆に要した時間も後者に比べると短かった。『花環と愛』が気に入る読者もいるだろうし、気に入らない読者もいるだろう。この作品集の全体を支配する文体は、「ローマ物語」と「ある冒険」の二篇によって確立された。いずれも、主人公のモデルとなった女性が私に語ってくれた物語、というよりも執筆のためにわざわざ私に提供してくれた物語にもとづいている。

『花環と愛』はおそらく、私が生まれて初めて、しかも遠慮がちに世に送った雑文集である。私はこの文学形式がたいへん気に入っているのだが、賢明さにおいて比類のない私の対話者の多くは、価値のないものとして軽視するのがふつうである。ある作家が雑文集を発表すると、それには決まって「この作家の想像力はいまや完全に枯渇してしまったようだ。引き出しのなかをかき回してようやく拾い集めた糸屑や切れ端の類を平然と発表しているのだから」といった評言が寄せられる。『八十世界一日一周』が刊行されたとき、コルタサルの愛読者のなかには、あんなものを発表するなんてコルタサルもいよいよ落ちぶれたものだと言って慨嘆する者もいたそうだが、私に言わせると、『八十世界一日一周』はコルタサルが書いた作品のなかでもっとも魅力的かつ愉快な読み物のひとつであり、それに比肩しうる作品があるとすれば、同じく彼が書いた短篇小説が挙げられるくらいであろう。やはりある作家が(名前はもう思い出せないが)雑文集を発表したとき、ボルヘスはそれについて、作者はきっと自分のことをすでに死んだ人間とみなしているにちがいない、早くも遺作を発表するようになったのだから、と感想を漏らした。ところが、倫理的な見地に立ったこのような批判は、じつはボルヘス自身つねづね強調していた文学の享楽主義という考え方によって見事に覆されてしまうはずである。文学史上、サミュエル・バトラーの『ノートブック』やスタンダールが書き残した数々の断章、あるいはバンジャマン・コンスタンの『日記』など、すぐれた雑文集が少なからず存在するからだ。私がそのような作品をとくに好むのは、生まれつき疲弊した人間だからであり、そうした人間が抱えるもろもろの能力の限界のためでもあろう。気まぐれに開いたページのどこかに必ず記憶に値する言葉が記されているような書物をときおり欲するのである。私自身の疲弊に言及したついでに、ボルヘスの母レオノール・アセベドにまつわる思い出をひとつ紹介しておこう。九十六歳の彼女はあるとき私にこう言った。「あなたが思うほど私は元気じゃないわよ。いまの私には、疲れたと口にする人の気持ちがよくわかるの。以前は想像もつかなかったけれど」。

私はいずれ、小話や二行連句、夢の記録、随想などを日記や覚え書きなどから抜粋し、それらを『日録および幻想』という本にまとめたいと思っている。二行連句の創作は私の毎朝の日課となっている。私はほんの些細なことに満足する質なのだ。べつに新奇なものを追い求める必要はない。ある種の機知を、適度にアクセントをつけて、流れるような詩句に表現できればそれで十分なのである。

27

「影の部分」と題された短篇には、自伝的要素が少なからず含まれている。サントス港の鮮明な記憶。早朝の船室で耳にしたさまざまな物音。ブエノスアイレスとヨーロッパを結ぶ客船の甲板から眺めた光景。ジュネーブ、ホテル・ロイヤル、そして一九五一年に忘れえぬ日々を過ごしたエビアン。観光シーズンを控えたホテルの周辺では、宿泊客を迎える準備に忙しい影像のようなシルエットの金髪の少女たちが、大きな鎌を振るって牧草刈りに余念がない。私の記憶のなかの少女たちはこの上なく美しい。刈りとったばかりの牧草の匂いがあたり一面に漂っている。この短篇の根底に流れるのは、いわば永劫回帰の思想であり、ほんの一瞬かいま見た人影がはたして本当に自分の愛する人なのか定かではないという焦燥に似た気分が作品を生み出す母胎となっている。この年になるとさすがに正確なことは覚えていないが、こうした状況が私の心を強く惹きつけるのは、ことによるとジャック・フェーデ監督の映画『外人部隊』の影響かもしれないし、あるいはまったく逆に、そうした状況が描かれているがゆえにこの映画が好きになったのかもしれない。死の直前に作品に目を通した私の父は大いに満足してくれたようであり、それが私にはうれしかった。自分の息子が文学者の道を選んだことについて、あるいは、弁護士というまっとうな職業を選んで世間から尊敬される代わりに、無謀にも文学の道に突き進んだ息子の決断について、昔とは違ってそれなりに納得してくれているにちがいないと思ったからである。ひょっとすると私はとんでもない思い違いをしているのかもしれない。いずれにせよ、どんなに親の愛情をほしいままにした息子といえども、ひとたび成人して親元を離れてしまえば、もはや親の期待に応えることもなくなるということである。あるいは私は、ある種の職業的な習性から、文学作品というものに決定的な重要性を与えているのかもしれない。おそらくそれは間違ったことなのだろう。すぐれた短篇小説がひとつでも書ければ、息子に対する父親の失望も十分に埋め合わされるにちがいないなどと考えることは、なんら根拠のない思いあがりと言うべきかもしれない。一方、私の母は、『モレルの発明』の大々的な成功によってかきたてられた息子への期待が最後は完全に裏切られてしまったという思いを胸にあの世へ旅立ったのではないだろうか。

「作品」と題された短篇には、風の強い荒天の日に訪れたシーズンオフの海辺の町の記憶が織り込まれている。私が献辞を捧げたE・Pという人物は、一部の読者が推測したように、私の愛した女性ではなく、アシカのような風貌のエンリケ・プッチのことである。私はマル・デル・プラタに滞在するたびに、港と岬のあいだの海辺で露店を営む彼と親しく言葉を交わしたものである。プッチは、海水浴客に貸し出すために自らの手で組み立てるテント小屋や、砂浜に設ける板敷きの歩道など、自分がつくりだす「作品」に並々ならぬ誇りを抱いており、それは、自作に対する文学者の思い入れを示唆する格好のメタファーになりうるものである。

これまでに書いた作品のなかで、脱稿と同時に確かな手応えを感じることができたのは、「エミリア

「エミリアについての手紙」を除けばあまり思い浮かばない。私はこの作品によって、〈ライフ〉誌が主催する文芸作品コンテストに応募し、受賞はほぼ間違いないと確信していた。ところが、実際に優秀作品に選ばれたのは、マルコ・デネビの「秘密の儀式」だった。私はある女性に薦められてこの作品を読んでみたが、審査員の判断が妥当なものであることを自分の目で確かめることができた。しかしながら、「エミリアについての手紙」がすぐれた作品であるという思いはいまも変わらない。もっとも、私は依然として誰からも賛辞の言葉を贈られていない。

「烏賊はおのれの墨を選ぶ」は、ブエノスアイレス州のとある村の生活を、多分に想像をまじえながら描いた作品である。村や場末の生活はつねに私を魅了するテーマであり、とりわけブエノスアイレス州に点在する村々は、私にとってはいわば断片化された小さな故郷といっても過言ではない。辛辣な皮肉がこの作品に込められているからといって、それはけっして愛情の欠如を意味するものではない。本心とは裏腹に、私には諷刺作家としての一面があり、風刺作家というものは、自分が愛するものをあえて笑いの対象とするものなのである。これは、風刺の精神を持ち合わせていない人々には理解しがたい態度であろうし、おそらく許しがたいことに思われるかもしれない。私は自分がそういう作家であることをことさら自慢するつもりはない。ただ、それがけっして特殊な態度ではないということを言いたいだけである。あるラテン詩人は、「誰もが諷刺文を書くものなのだ」と喝破している。

かつてある批評家が、私の書いた「旅路、あるいは不死の魔術師」とコルタサルの短篇小説のあいだに驚くべき類似が見られることを指摘したことがある。私にはこの偶然の一致が、二人の親友の類縁性を物語る喜ばしい証左であるように思われたものだ。私が書いた作品には、懐かしのモンテビデオの思い出が織り込まれていることをつけ加えておこう。

「パレルモの森のライオン」は、神や猛獣の存在、あるいは仮面の匿名性がもたらす抑圧の解放のテーマを再び取り上げた作品である。物語に登場するスポーツクラブは、私にはとりわけ馴染み深いブエノスアイレス・ローンテニス・クラブをモデルにしており、登場人物のひとりであるスペイン人は、怪しげな自作の香水をクラブの利用客に売りつけていた更衣室係のロレンソという人物を下敷きにしている。この作品を最近読み返してみたところ、あまりうまく書けていないことがわかり、さっそく書きなおしを試みた。

「穴を掘る」は、愛と殺人をテーマにした作品である。物語に登場する宿屋は、私がこれまで幾多の夜を夢うつつのうちに過ごした数々の宿屋から再構成したものである。この作品を原作としたテレビ映画がこれまでに少なくとも三本制作されている。ひとつは、ロサノ・ダナ脚本による申し分のない出来栄えの作品で、アルゼンチンで放映された。もうひとつは、私はまだ見たことがないが、フランスで制作されたもので、別のタイトルに変更されてフランス国営放送第二チャンネルで放映された。三番目のものは、不幸にして私は見てしまったが、すぐれた作品を立てつづけに世に送ることに厭いたスペイン人制作者たちが私の原作を犠牲にしてひとつの記念すべき例外を打ち立てようともくろんだにちがいないと思わせるような代物だった。

「セバスティアン・ダレス博士の鴉と鳩」は、ウリセス・ペティット・デ・ムラットから痛罵を浴びせられた作品である。「すぐれた短篇を書く能力があるからといって、あのような駄作を発表することはけっして許されない」という彼の批判に対し、私はまったく怒る気がしなかった。彼が言うところの「すぐれた短篇」が、即効性の衝撃を読者に与える見事な文章を意味するなどとは考えてもみなかった。私の脳裡をかすめたのは、かつてコルタサルに次のようなことを伝えようとしたことがあるという事実である。つまり、彼や私を含め、作家というものはしばしば、書くに値する物語とそうでない物語を峻別することができない場合もあるし、また、ある作品の執筆をわれわれに促したそもそもの動機を読者に正しく理解してもらうことがかなわない場合もある、ということである。

私は、「労苦」と題された短篇が自らの最高傑作のひとつであるとつねづね自負してきた。フランソワーズ・ロッセは、この作品をフランス語に翻訳することにあまり乗り気ではなかったらしい。というのも彼女は、それが『幻想物語』と題されたアンソロジーにふさわしくない作品だと考えていたからである。聡明な彼女がいつも私の作品を気に入ってくれていたことを知っていた私は、それを聞いて少なからず戸惑いを覚えた。いい作品が書けるかどうかは、結局のところ、どういったことに重点を置くかという非常にデリケートな問題にかかっているのかもしれない。言葉が足りなければ物語としての効果が失われてしまうし、反対に抑制を欠いてしまえば、カリカチュアに堕してしまうことにもなりかねないのだ。

28

「偉大な熾天使」は、強烈な陽射しが容赦なく照りつける朝、サンタ・クララ海岸の断崖のそばで私を襲った白日夢から着想を得た作品である。それは、数頭の巨大な鯨の死骸が砂浜に打ち上げられ、引き潮によって露出したぬかるみのあちこちに虹色の水玉や気泡が出現するというものであった。ボルヘスはかねてから、物語を書く際に、ある具体的な状況から出発した場合、それに見合うだけのストーリーを構築するのは大変な困難を伴う作業だと口にしていた。ところが「偉大な熾天使」の場合、私はそれほどの困難に遭遇することはなかった。というのも、浜に打ち上げられた鯨の死骸や後退する海のイメージが陰惨な印象を与えるため、私はそれを埋め合わせるべく、海中から姿を現したネプチューンが浜辺で繰り広げられる競技会を主宰する場面を思いついたからである。この壮大な情景に感動した主人公がネプチューンの偉大さを褒めたたえると、海神は悲しげに答える。「これが最後だ」。こうして、世界の終末のテーマが物語に導入されることになり、ビリャサンディノ[*31]による叙情短詩の十二音節からなるアレクサンドル詩句を用いてその過程が点描される。それは次のように始まる。

同胞《はらから》どもよ、終末の到来が私にはみえる……

ところで、世界の終末のテーマをめぐって、ベルグラーノ・クラブに通う英国系アルゼンチン人の男から興味深い話を聞かされたことがある。男は、テニスで汗を流したあと、食肉加工会社で屠畜の仕事を割り当てられたことを私に打ち明けた。巨大なハンマーを手にした彼のところへ次から次へと家畜が運ばれてくる。彼は家畜の頭部に強烈な一撃を加えて殺処分していく。ところが、そばかすだらけのその屈強な若者は、ある夢をきっかけに放埒な野蛮性から抜け出し、心の平穏を手にすることになった。つまり彼は、世界の終末が近づいていることを夢のなかで告げられたのである。以来、その夢が彼の脳裏から消え去ることはなかったが、世界の終わりがはたしてどのようなものであるのか想像することができなかったようである。少なくとも、自分がこの世から消えてしまうことがどうしても納得できず、世の終末を語り継ぐ人間としてその後もずっと生き長らえていく自分の姿を漠然と思い描くことができるくらいであった。作品に話を戻すと、世の終わりを受け入れる数少ない登場人物のなかのひとり、というよりも唯一の登場人物は、最後の瞬間になって、ならず者たちの狂気に立ち向かうことを決意する。愚かな少女を幻滅と失望から救い出すためであるが、むろんその幻滅は束の間のものとなるはずであった。私にはこの物語が、と同時に世界が、哀れみへの賛歌、それも絶望に支えられた無償の賛歌によって幕を閉じることが何よりもふさわしいと感じられたのである。

《Ad Porcos》と題された作品には、懐かしのモンテビデオの思い出が詰まっている。「首領」は、ブエノスアイレス・ローンテニス・クラブを舞台とした作品である。私は、できればあの世へ行ってからも、赤と白に彩られたあのテニスコートを存分に走り回りたいと思っている。「ファウニの午後」は、私のお気に入りの街に住む人々の名誉を傷つけてしまった作品である。私はその街にしばらく滞在したことがあり、つらいこともたくさんあったが、いまとなってはすべてが楽しい思い出である。作家というものは、自分が愛着を感じている場所を舞台とした作品を書きたがるものだが、これは風刺作家にとってはしばしば危険を伴う行為となる。というのも、風刺を愛する作家は、あたかもミダス王のように ―― むろん本家本元のようにはいかないが ―― 手に触れるものすべてを笑いの対象に変えてしまうからである。私の知り合いのある男性は、立ち直れないほどの深い悲しみをもたらした自分の母の死を思い起こすたびに、心の底から愛していた父の姿と、尊敬していた友人でありかかりつけ医でもあった人物の姿が、それも堅苦しく正装し、人形のようにしゃちこばった二人の滑稽な姿がどうしても脳裏をよぎってしまうと語ってくれたことがある。彼にとっては、両者を切り離すことなどそもそも不可能であったのだ。

自分がもっとも気に入っている作品はどれかと問われれば、おそらく私は「奇跡は取り戻せない」を挙げるであろう。この作品を構成する二つの物語のうち、最初のものは実話にもとづいている。一九四九年、私は〈メアリー女王号〉に乗ってニューヨークからサウスハンプトンへ向かっていた。船にはサマセット・モームのほかに、彼にそっくりな男が一人か二人乗っていた。シェルブールに停泊中、はしけ船に乗り込んだ船客のなかに、私は彼らのうちの一人の姿を認め、さらに本船で別の一人を目撃したのである。第二の物語は、ある高慢な男が犯した過ちをテーマとしており、女性に対する償いの物語ともなっているが、そのほかのいくつかの作品と同様、ジャック・フェーデ監督のフランス映画『外人部隊』と、一連の短篇のなかで最初に着手した「ルイス・グレベ死す」から着想を得たものである。

「通過路」は、降雨のあとの昼下がり、平原に繰り広げられる壮大な光のスペクタクルに目を奪われていたときに思いついた作品である。私がそのとき目にしていたのは、鮮やかな緑の牧草地、背景にくっきりと浮かびあがる黒々とした牛の群れ、青味がかった灰色の直線のように伸びる有刺鉄線であった。私は、こうした光の変化がしばしばわれわれを眩惑するという考えをさらに推し進めて、登場人物たちがラウチの郊外にいるうちに現在のアルゼンチンから未来のアルゼンチンへ、しかもオーウェルが描く世界を思わせる未来のアルゼンチンへ移行してしまうという筋書きを思いついた。「屋敷」と題された作品は、『モレルの発明』より前に発表された多くの作品がそうであるように、夢を素材として書かれており、ぎこちない短い文章によってつづられている。「真実の顔」は、田舎町に住むひとりの男が、自分の飼育する動物や鳥のなかに、かつてそのあたりに住んでいた祖先やいにしえの貴人たちの顔を見出すという常軌を逸した幻覚にとらわれる物語である。

29

ある日、『偉大な熾天使』——それまで別々の機会に発表してきた短篇を一冊にまとめたもので、私にとっては四作目の短篇集となる——の原稿を携えて編集長に会いにいくと、彼は私に言った。「また短篇集かね？　君は自分のやっていることがわかっているのか？」

私はあえて反論しなかった。偉そうなことは言いたくないが（作家というものはすべからく自らの作品によって名声を勝ち得るべきである）、私は、自分の内なる衝動とは無縁の、第三者からの働きかけによって仕事の計画を変更するつもりは毛頭ないのだ。

それからしばらく経ったある日のこと、当時四歳か五歳であった私の娘マルタが扁桃腺の手術を受けた。その日、まだ昼食をとっていなかった私は、娘の元気そうな姿を確かめると、〈エル・モリーノ〉へ行ってお茶を飲んだ。店内の別のテーブルには紳士風のひとりの男が腰を下ろしていたが、この人物について私はちょっと信じられないことを記憶している。彼は、染めた髪のかつらをかぶっていたのだ。私の記憶がはたして正確なものであるかどうかはさておき、私はこのときの印象に触発されて、のちに『豚の戦記』として結実することになる作品の構想を思いついた。そして、老化の進行を食い止めるためにわれわれが手にしているさまざまな武器をテーマにした短いエッセーが書けないものか思案した。『イリアス』に登場する「軍船の表」のように、永遠の若さを保つためにわれわれ現代人が手にしている有効な武器の一つひとつを列挙し、その効用をあれこれ論じたうえで、結局のところそうした武器などどこにも存在しないという結論を示すエッセーを書こうと思ったのである。ところが、夢や希望を惜しげもなく読者に与えておきながら最後はそれを容赦なく奪い去ってしまうところに最大のおかしみがあるその作品についていろいろと考えを進めているうちに、自分はやはり創作を身上とする作家であり、フィクションという形式を借りてこそ独創的なアイデアを自在に展開することのできる小説家であることを思い出した。そこで今度は、短篇小説の構想を練りはじめた。それは、二〇年代のアメリカの喜劇映画を思わせる一連のどたばた劇を通じて、残酷な若者たちがぶよぶよに太った善良な老人たちを追い回すというものであった。私はそれに「豚の戦い」というタイトルをつけようと考えていた。その年の夏だったか翌年の夏だったか定かでないが、マル・デル・プラタに滞在していた私は、「豚の戦い」の構想を練りながら、同時に食人種が登場する別の作品にも取り組んでいた。後者は結局、中途で筆を投げ出してしまった。おぞましい状況を描いた作品というものは、大胆なテーマが人目を引くからか、あるいは、登場人物たちが無心に恐ろしい所行に次々と手を染めていく様子がある種のおかしみを誘うからか、しばしば世間の評判になることがある。ところが、そうした身の毛のよだつ蛮行の一つひとつをあらためて吟味し、言葉によって描写しようとすると、ある種の嫌悪感に襲われるのも事実である。この嫌悪感は、じつは書き手があらかじめ読者の反応として予想していたものであり、邪悪な思い上がりに目がくらんだ作者が読み手に味わわせようと意図したものでもあるのだ（というのも、誰もが狂気の訪れを経験するものだからである。それを克服することができる者こそ真に理性の人と呼ばれるべきであろう）。いずれにせよ、老いのテーマを温めつづけていた私は、それが最初に考えていたよりも精緻かつ堅実な手法を要求するものであることに気づいた。老いのテーマは、読者に不快感を抱かせるものかもしれないが、ある年齢に達した人間にとっては無視することのできない重要な問題を提起するものだ。完成した作品がカリカチュアに堕することなく、人間の生の全体を映し出すようにするためには、そして、勇気や希望、幸福な愛によって老いの悲しみが乗り越えられるような筋書きを展開するためには、かなりの長さの作品を書く必要があった。そこで私は、担当の編集者に小説の腹案を示し、『生きる責務』というタイトルを提案してみた。それを聞いた編集者は満足げな表情を浮かべた。実のところ私には、そのタイトルは作品の筋書きに見合うものではあるが、あまり興味をそそるものとは思えなかった。アルゼンチン文学の翻訳者であり、たまたまそのときブエノスアイレスに滞在していたあるアメリカ人は、最悪のタイトルだと断言した。というのも、「責務」に相当する英語には譲歩や妥協、方便といった意味があるからであり、スペイン語の「責務」が「自ら引き受けた責任」を意味することを彼は知らなかったのである。私にとってはむしろ、このタイトルの最大の欠点は（責務や努力といった観念が物語に流れる悲哀の調子にそぐわないということのほかに）、『豚の戦い』という本来のタイトルの代用にすぎないという点にあった。いろいろ悩んだ末に、私はやはり『豚の戦い』にしようと心を決めた。その際、粗野な響きを帯びた「豚《チャンチョ》」という言葉を「豚《セルド》」に改めることにした。もっとも、新たに採用したこの言葉も、われわれアルゼンチン人にとっては少々気取ったよそよそしい響きを帯びており、完全に満足のいくものではなかった。ボルヘスは私に、「このタイトルだと本の表紙に豚の挿絵がついてまわることになるよ」と忠告してくれた。そこで私は「日記」という言葉を加えることにした。三つの名詞が並列することによって、一つひとつの名詞が与える印象が多少なりとも薄められると考えたからである。ある日の晩、私は書きかけの第一章をペイロウとボルヘスに読み聞かせた。二人ともすぐに作品のテーマを理解してくれたようである。

一九六七年、ミラノからローマへの船旅の途上、それまで私の作品の出版を手がけてきたイタリア人編集者の娘さんであるジネヴラ・ボンピアーニに、構想中の作品について語ってみた。その彼女から、翌六八年の五月が過ぎたころ、一通の電報が届いた。そこには、「あなたの小説のストーリーがまさに現実のものとなっています。至急ご著書をお送りください」というメッセージが記されていた。

ところで、完成原稿を携えて編集者に会いに行った私は、タイトルの変更の意志を伝えた。彼はさっそくそれを書き留めようと鉛筆を握った。私は勇気を振り絞って新しいタイトルを口にし、相手の顔色をうかがった。そこには悲嘆の表情が浮かんでいた。作品の題名というものは、出版を目前に控えた段階で私たちの頭をもっとも悩ませるものである。それでも本の売れ行きさえよければ、どんなタイトルであろうと自然に受け入れられることになる。終わりよければすべてよしというわけだ。幸いにして『豚の戦記』は、発売早々好意的な批評に恵まれ、売れ行きもなかなかのものだった。当時ヨーロッパに滞在していた私は、「豚ちゃん」という愛称で私の作品に言及した編集者からの手紙をたびたび受け取ったものである。有名な作家でもある私の友人は、皮肉を込めてこう言った。「君は平凡な着想を誰よりも先に思いついたというわけだ。まったくコロンブスの卵だね！」。

人間はどこへ行ってもたいがい似たようなものだと考えていた私は、訪問先のヨーロッパで、私にしては珍しいことだが、自信をもって『豚の戦記』の売り込みに努めた。私の言葉を信用した出版社は、前金を払ってくれたばかりか、そのほかにも破格の待遇を約束してくれた。ところが肝心の作品は、アルゼンチンとは違って、ヨーロッパではそれほど評判にならなかった。それ以前に発表された私の作品と比べてみても、売れ行きは芳しいものではなかった。ドイツ人の出版担当者は私に対して大胆な説を口にした。「この国の読者層はもっぱら中高年の男女によって占められています。あなたの作品は彼らには刺激が強すぎて、きっと敬遠されてしまうのでしょう」。

30

私は一九六八年に、序文や文芸批評などを一冊にまとめた『もうひとつの冒険』を発表した。「冒険《アベントゥーラ》」という言葉は、女性をもてあそぶ男性の色恋沙汰を連想させるという理由から、知り合いの女性たちの不興を買うことになった。しかし私にとってはあくまでも、その言葉は冒険小説にお決まりの、めくるめく波乱に富んだ出来事を示唆するものである。私の作品のなかには、冒険という言葉をタイトルに含むものがほかにもいくつかあるが、それもけっして理由のないことではない。もし可能ならば、冒険をテーマにした物語をほかにも書いてみたいと思っているほどである。ちなみに、『モレルの発明』はとくに私のお気に入りの作品というわけではない。しかしながら、ひとりの逃亡者がボートに乗って無人島にたどり着くところからすべてが始まるこの小説についてあらためて考えると、そうした物語的な要素に富むプロットを私に恵んでくれた幸運の女神に感謝しないわけにはいかない。

ある年の夏のことだったが、マル・デル・プラタに滞在していた私は、『パンパとガウチョの思い出』を執筆した。身の程知らずの試みと言うべきかもしれないが、私はこの作品のなかで、手垢のついたこれら二つのテーマを事実と心情の両面から洗いなおそうとしたのである。

そのころ、いったい何の病気に冒されていたのか、アルゼンチンの政治家たちは、新しい言葉を考案したり、もう使われなくなった古い言葉を復活させることに意を注ぎ、そのほうが重々しく響くという理由から、巷で使われている言葉の代わりにさかんに用いるようになった。私はそれらを拾い集め、ハビエル・ミランダという筆名で『優美なるアルゼンチン語小辞典』という本を上梓した。知り合いのホルヘ・オラシオ・ベッコとホルヘ・イアキナンディが作品の出版を引き受けてくれた。パネール書店でさっそくその本を手に入れたビクトリア・オカンポは、翌日、興奮した様子で書店主のブンへに電話を入れ、ハビエル・ミランダという作家についていろいろと訊ねた。彼に賞賛の手紙を書き送りたいというわけである。それが私であることを知らされた彼女は、不快感をにじませた声を発したそうである。作品は一九七八年に再刊されたが、私は新たに序文を書き加え、さらに多くの言葉を追加し、少なからぬ修正を施した。

一九七一年の夏にマル・デル・プラタに滞在した際、私は戯曲の執筆に挑戦した。戯曲はいまでも私の好きなジャンルのひとつであり、幻想的な作風をめざすのであれば映画よりも有効な手法だと考えている。私は対話形式による物語には自信があったが、出来栄えは必ずしも満足のいくものではなかった。政治を題材にした面白みのない風刺劇になってしまったばかりでなく、タイプライターの前に長時間座ったおかげで、重度の腰痛に悩まされることにもなった。完成した作品は『夕暮れの森』と題され、エドマンド・ウィルソンの次の言葉がエピグラフに掲げられた。「フローベールの書いたものの中で、政治喜劇『候補者』は唯一、読者が共感できる人物が一人として登場しない作品である」[*32]。政治家に対する先入観を捨てきれなかった私は、これとまったく同じ過ちを犯してしまった。つまり、『夕暮れの森』に登場するのは、生きている人間ではなく、愚鈍さを丸出しにした独断的な操り人形なのである。事実、彼らの身に起こる出来事は、観客や読者の興味をそそらないものばかりである。

一九七一年、私は長年温めつづけてきた構想をもとに一篇の小説を書こうと思い立った。じつはすでに、四三年から五一年まで私たち夫婦が住んでいたサンタ・フェ通りとエクアドル通りの角に面した家で、作品の構想をボルヘスに語ったことがあった。ボルヘスは、この世で一番すばらしい作品になるだろうと請け合ってくれた。当初は『出立』というタイトルを考えていたが、のちに『田園の彼方』に変更した。そして、この作品を書き上げるために悪戦苦闘を強いられていたある日、『日向で眠れ』のストーリーの全貌が、具体的な場面や状況、登場人物などを伴って私の頭にひらめいた。幻想性に富むストーリーが日常的な現実のただなかで開示されたことがとりわけ私には興味深かった。私は主人公に心の底から共感を抱くことができたし、その他の登場人物たちに対しても親しみを感じることができた。あとは写字生のようにひたすら頭のなかのストーリーを紙の上に書き写していくだけでよかった。持病の腰痛に悩まされていた私は、娘の知り合いのフリア・ブリョ・ペレアに物語の第一部を、それ以降の章をロシイ・アイラスに口述した。ロシイ・アイラスの賢明な助言にしたがって、物語の第一章を結末に置くことにした。私には珍しく、脱稿までに一年もかからなかった。

31

一九四九年以降しばしば私を悩ませてきた腰痛は、時とともに私の終生の道連れとなった。図らずも病人の境遇に身を置くことになった私は、世俗的な楽しみに憧れるようになった。歓楽街として知られるエクス＝レ＝バンの魅力について知り合いからたびたび話を聞かされるに及び、保養と娯楽を兼ねた長逗留の夢はますます膨らんだ。私がエクス＝レ＝バンを訪れたのは冬だった。少し古びたホテルはそれほど美しいとはいえなかったが、居心地はけっして悪くなかった。温泉の外観はコンスティトゥシオン駅の建物を連想させた。湯治客の多くは中年の労働者風の男女によって占められていた。驚いたことに、湯治場の泥や湯、適度なマッサージ、長期間の休養などが功を奏し、私は再び健康を取り戻した。ホテルの客あしらいや食事も申し分なく、周囲を湖や山々に囲まれたエクス＝レ＝バンはじつに美しい町だった。

私はこの滞在を利用して『日向で眠れ』に加える新たな一章を書き終えた。

手当たり次第にさまざまな本を読んでいた私は、ある日、苛立ちを覚えながらも第一章を読み終えた『ゼーノの意識』のほかに読む本が一冊も残されていないことに気がついた。顔見知りの老婦人が経営する本屋にも、残念ながら私の興味を惹くような本は見当たらなかった。「お気に入りの本が見つからないみたいね」。老婦人は言った。「たぶんこの店にはないわよ。いったい何をお探しなの？　せいぜい人生を楽しまなくちゃ。本を読む人なんてこのあたりでは珍しいわ。ここらの本屋はたいていポルノ雑誌かグルメ旅行案内書の売り上げでなんとかやっているの」。もちろんこれは誇張だろう。少なくとも私は、若者が本屋のショー・ウィンドーを熱心にのぞいている光景をフランス以外で目にしたことはなかった。私は仕方なく『ゼーノの意識』を熟読することにした。自分がじつは幸運に恵まれていることを知るのにそれほど時間はかからなかった。私はお気に入りの作品に出合ったのであり、イタロ・スヴェーヴォという作家にも親しみを感じるようになったのである。

私は七〇年から七五年にかけてフランスを訪れるたびにエクス＝レ＝バンへ足を伸ばし、ポーでの長期滞在を楽しんだ。

世の中には、本人が不在のときほど物事がうまく運ぶといったタイプの人間がいるものだが、ちょうどそのころ、私はある出来事をきっかけに、自分もやはりそうした種類の人間に属していることを自覚することになった。たとえば、私の作品を担当している編集者たちは、面と向かって話しているときよりも、私がどこかへ出かけて留守にしているときのほうが、私のことを信頼してくれるようであった。おそらく私は、臆病な性質とそれが引き起こすさまざまな粗相が仇となって、自分で自分の幸運を遠ざけてしまっていたのだろう。いずれにせよ、私の不在中に舞い込んだ幸運のなかには、一連の文学賞が含まれている。『モレルの発明』による市民文学賞の受賞（そのときはマル・デル・プラタに滞在していた）や、国民文学賞（ポーに滞在中）、作家協会名誉賞（パリに滞在中）などがそれである。『ヒーローたちの夢』、『豚の戦記』、『日向で眠れ』が無事刊行されたときも、私はやはりパリかポーに滞在していた。

六七年から七七年にかけて書き上げた八つの短篇小説はのちに一冊の本にまとめられた。ある朝、私は秘書のロラ・ガリョに次のような対話を口述した。

「ヒロインは誰と一緒に行ってしまったの?」とラウラが尋ねる。

「誰と一緒に行ってしまうかって?」、ドン・ニコラスが聞き返す。「英雄とさ」。

「女たちのヒーローね」、ラウラが口にする。「でも、男たちのヒーローとはかぎらないわ」。

ロラは私に言った。「この短篇を含む作品集のタイトルは〈女たちのヒーロー〉に決まりですね」。彼女の適切な助言のおかげで、作品は出版社の人たちばかりでなく、読者にも好評をもって迎えられた。事実、この短篇集には、けっして悪くない出来栄えの作品がいくつか収められている。

「世界の形状ついて」と題された短篇は、二十メートルにも満たない地下通路を通って、植物が鬱蒼と生い茂るティグレの小島から、四百キロほど離れたプンタ・デル・エステへ一瞬にして移動してしまうという物語だが、これは、私が幼い娘に語り聞かせた作り話がきっかけとなって生まれた。プンタ・デル・エステを訪れたあとマル・デル・プラタへやってきた私たちは、ある日、ペラルタ・ラモス公園を散策した。公園の雰囲気がどことなくウルグアイの保養地を思わせることに気づいた私は、娘にむかって、自分たちはいまプンタ・デル・エステにいること、彼女の知らないうちに秘密のトンネルを通ってマル・デル・プラタからはるばるやってきたことなどを語り聞かせたのである。

「女たちのヒーロー」と「未知なるものは若者たちを惹きつける」の二篇は私がこれまでに書いた短篇小説のなかで最高傑作の部類に属すると評する人たちがいる。「一等車の女」は、現代史の趨勢に関するユーモラスな注釈といった趣の作品であり、「夢の庭」は、愉快な幻想をテンポよくつづった作品である。しかしながら、作家は自分の作品についていったい何を語ることができるというのだろう？執筆に専心している作家というものは、自分が書いた作品についていちいち覚えていないものであり、再読のための時間も意思も持ち合わせていないのがふつうである。自作については、もっぱら最後に言葉を交わした対話者の評価にしたがうしかないのだ。

32

『出立』の執筆は遅々として進まなかった。しばらく仕事をつづけたかと思うとすぐに筆をおき、長い休止が訪れる、その繰り返しだった。そうこうするうちに、思いもかけないことが起こった。『出立』と似たような結末をもつ別の小説『空中楼閣』の執筆を思いついたのである。結末があまりにも似通っているため、私はしばらくのあいだ後者を〈第二の『出立』〉、あるいは〈『出立』の都市版〉と呼んでいたほどである。私はロラに百ページほど口述した。彼女はそれを気に入ってくれたようで、私も決して悪くない作品だと思った。ところが、確信が得られないまま口述を進めたことが災いして、途中で投げ出してしまった。『出立』は結局、二つとも同じ道をたどることになったのである。構想を練りながら、やはりもうひとつの作品のほうがすぐれているのではないかという考えをどうしても拭い去ることができなかったのだ。こうして私は、並走する二頭の馬を乗りこなすことは至難の業であると言ったジョンソン博士の言葉を噛みしめることになった。

『出立』というタイトルについては次のような逸話がある。私の知り合いのある女性が、友人にこう言われたそうである。「私だったら、そんなタイトルを考えつく男なんてとても信用できないわ」。私自身、縁起を担ぐ心持ちから、「アドルフォ・ビオイ=カサーレス、『出立』」という文字が表紙に躍る作品を出版することには、ある種のためらいを感じていた。『エリック・アンブラーここに眠る』という題名の自伝を発表した作家ほどの勇気は私にはとてもないというのが正直なところである。

私は、短篇小説を書き進めながら創作意欲をますますかきたてられた。最初に着手したのは「発見」という作品で、これは別のタイトルで雑誌〈ヴォーグ〉に掲載された。一九八〇年に書き上げた「予期せぬ旅」は、気まぐれな愛国主義をめぐる滑稽な注釈という体裁の作品である。私はこれまで、気まぐれな愛国主義というものをいろいろな機会に目にしてきたが、ある種の自虐的な感懐をもって主人公の人間性のなかに認めるのもまさにそれである。主人公のモデルとなったのはロッシという名のアルゼンチン人で、彼はＫＤＴスポーツクラブで指導員をしていた。ロッシは私たちにむかって、胴間声を張り上げながら「新兵ども」と呼びかけるような人物であったが、皆から慕われていた。私が生まれて初めて参加した葬儀は、じつはチャカリタ墓地で執り行われたロッシのもので、その後長いあいだ別の葬儀に参列したことがなかった。長々とつづく葬列や、二頭の馬に引かれた黒塗りの儀装馬車のことはいまでもよく覚えている。ところで、この短篇小説の主人公にはもうひとり別のモデルが存在する。私の家の近くに住んでいた老人で、彼とはいろいろな話をしたものだ。生粋のアルゼンチン人ともいうべきコリエンテス州出身の彼は、退役した元陸軍中佐で、八十歳を越えてなお矍鑠たるこの老人は、南極大陸にその名を残すある有名な軍人の親類だった。私たちはよく近所を散策しながら政府の無策を嘆いたりしたものだが（彼は急進党の信奉者だったはずである）、独立戦争や内戦にまつわる興味深い話をいくつも語ってくれた。あるとき彼は、キプリングの作品のスペイン語訳とエドゥアルド・グティエレスの『ブエノスアイレスと首都問題』を私にプレゼントしてくれた。「予期せぬ旅」の構想を得たのは、ちょうど八〇年の三月末まで長期にわたってブエノスアイレス市民を苦しめた旱魃を伴う記録的な猛暑のときである。久しぶりに雨が降ったとき、人々は表へ飛び出して歓呼の声を上げたものだ。

私はその後、「ヴェネツィアの仮面」を書き上げた。見事な仕上がりのこの作品は、じつは秘かにバイロンへ捧げられたものであるが、当時の私は、十二巻からなるバイロン書簡集をひもとくのを日々の愉しみにしていた。そうこうするうち、私は再び、長篇小説の執筆に没頭しているときのあの高揚した気分を味わいたくなった。長期にわたってひとつの物語に集中し、並々ならぬ労力を傾注しながら筆を走らせることは、文学への揺るぎない愛を証明する営みに思われたのである。私はさっそく、それまで知人にたびたび構想を語り聞かせていた小説の執筆を開始した。筋書きはおおよそ以下のようなものである。田舎町に住むひとりの写真家が都会へ出てしばらくのあいだ滞在する。街の風物をカメラに収めようと考えたのだ。地方と都市の対照性という古典的なテーマの作品によくあるように、主人公はそこでさまざまな愛を経験し、数々の危険に直面する。それでも彼は、仕事に専念するために愛の誘惑を振り切り、身に降りかかる危険を次々とかわしていく。この物語を書き進めながら、私は誰にとっても明白なある事実に思い至った。すなわち、物語を口頭で語り聞かせるのと、実際に書いてみるのとでは大きな違いがあるという事実である。うまく語ることができたからといって、必ずしもうまく書けるとはかぎらないのだ。

『ある写真家のラ・プラタでの冒険』を書き終えると、今度は短篇小説を書く悦びを再び味わいたくなった。こうして、「鼠、あるいは行動への鍵」、「ファウストの時計職人」、「トリオ」、「窓のない部屋」、「実体」といった作品を書き上げていった。最後に挙げた作品は、カンセラへ捧げられたものである。ブエノスアイレス人の一典型を造形したことや、ブエノスアイレスを隈なく歩き回るうちに街の相貌が次第に夢幻的な色彩を帯びていくといった着想は、いずれも彼の残した最大の功績である。「鼠」はもともと〈ラ・ナシオン〉紙に掲載されたもので、意外なほどの反響を呼んだことに私自身驚いた。「ファウストの時計職人」は、過去に発表したいくつかの作品と同工異曲であることを知人に指摘された。どんなに細心の注意を払ったとしても、やはり第三者の意見は無視できないものである。もちろん、すでに書き上げてしまったその作品を記憶から消し去ることはできないし、けっして出来の悪い作品とも思っていない。「トリオ」を構成するいくつかの物語には、自伝的な色彩を帯びたものが含まれている。「窓のない部屋」は、物心ついてから私が最初に頭を悩ませた哲学的な問題、あるいは宇宙生成の謎をめぐる問題を扱ったものであり、宇宙の果てを見極めたいという願望をテーマとしている。もっとも、仮に少年時代の私がこの作品を読んだとしても、満足すべき答えは得られなかったにちがいない。

訳註

＊1　赤味がかった……　日本語訳は『序文つき序文集』（牛島信明・内田兆史・久野量一訳、国書刊行会）を使わせていただいた。

＊2　ラファエル・エルナンデス　Rafael Hernández　『マルティン・フィエロ』の作者ホセ・エルナンデスの弟。

＊3　五月の勲《いさおし》　ブエノスアイレスのクリオーリョがスペイン本国人から政権を奪取し政治委員会《フンタ》を結成した一八一〇年五月二十五日は、一八一六年七月九日のリオ・デ・ラ・プラタ連合州の独立を導く重要な出来事として記憶されている。

＊4　フロレンシオ・バルカルセ　Florencio Balcarce（一八一五—一八三九）　アルゼンチンの詩人。

＊5　ドミンゲス　Luis L. Domínguez（一八一九—一八九八）　アルゼンチンの詩人、歴史家。代表作『オンブー』は有名。

＊6　ペルーの女たち　ｍｉｎａｓには「（銀）鉱山」のほかにブエノスアイレスの隠語（ルンファルド）で「女たち」の意味がある。

＊7　ファン・チャサイング　Juan Chassaing（一八三八—一八六四）　アルゼンチンの詩人。ジャーナリストとしても活躍し、連邦派と統一派の政争に際しては一貫して後者を支持。

＊8　セリートとアヤクチョ　対スペイン独立戦争の舞台。アヤクチョはペルー南部に位置する都市、セリー

トはアルゼンチンのチャコ州を流れるパラグアイ川にある小島。

＊9　しかしインディオの襲撃には……　日本語訳は『序文つき序文集』（牛島信明・内田兆史・久野量一訳、国書刊行会）を使わせていただいた。

＊10　わがマルセリーノ大佐……　日本語訳は『序文つき序文集』（牛島信明・内田兆史・久野量一訳、国書刊行会）を使わせていただいた。

＊11　エミリオ・カステラール　Emilio Castelar y Ripoll（一八三二―一八九九）　スペインの政治家、文筆家。雄弁家としても知られ、歴史小説も手がけた。

＊12　かつてキンタナ通りが……　キンタナ通りはレコレタ墓地へ通ずる街路として知られる。

＊13　ボズウェル　James Boswell（一七四〇―一七九五）　エディンバラ生まれの文筆家。ジョンソン博士の伝記『サミュエル・ジョンソンの生涯』で名高い。放恣な生活をつづったスキャンダラスな日記によっても知られる。

＊14　ハースト　William Randolph Hearst（一八六三―一九五一）　アメリカの有力新聞経営者。マリオン・デイヴィスとの愛人関係によっても知られる。

＊15　ジョンソン博士　Samuel Johnson（一七〇九―一七八四）　イギリスの文献学者、批評家、詩人。『英語辞典』の編纂や『シェイクスピア全集』の校訂・註釈などを行った。彼の人物像は、弟子のボズウェルが書いた伝記に負うところが大きい。

＊16　自尊心は恐ろしいものですね……　メルトイユ侯爵夫人がヴァルモン子爵へ宛てた手紙（第一四五信）

のなかの一節。日本語訳は『危険な関係』（伊吹武彦訳、岩波文庫）を使わせていただいた。
＊17　ドン・フランシスコ・ロドリゲス・マリン　Don Francisco Rodríguez Marín（一八五五—一九四三）スペインの文学研究家。『ドン・キホーテ』をはじめ、スペイン黄金世紀の文学作品に関する研究で知られる。
＊18　ベレス・サルスフィールド　Vélez Sarsfield　アルゼンチン民法典の主任起草者。
＊19　文学において避けなければいけないこと……　日本語訳は、『ボルヘスの世界』（国書刊行会）所収の「書物と友情」（アドルフォ・ビオイ＝カサーレス著、山本空子訳）を参照させていただいた。
＊20　マリトルネス　『ドン・キホーテ』第十六章に登場する、ドン・キホーテが城と間違えた旅籠で働いているアストゥリアス生まれの娘。
＊21　それらはいずれも……　『汚辱の世界史』の序。日本語訳は、ホルヘ・ルイス・ボルヘス『伝奇集／エル・アレフ／汚辱の世界史』（篠田一士訳、集英社）を使わせていただいた。
＊22　あわれ哀れな……　『寄港地』所収の「ユリシスの一党」と題された詩。日本語訳は、『コクトー詩集』（堀口大學訳、新潮文庫）を使わせていただいた。
＊23　カノバス・デル・カスティーリョ　Cánovas del Castillo（一八二八—一八九七）スペインの政治家、作家。歴史小説『ウェスカの鐘』は有名。イタリア人アナーキストにより暗殺される。
＊24　ヴェリー　Pierre Véry（一九〇〇—一九六〇）フランスの推理小説作家。
＊25　アルトゥーロ・カンセラ　Arturo Cancela（一八九二—一九五七）おもに二十年代から四十年代にかけて活躍したアルゼンチンの作家。政治的な風刺やユーモアを特徴とする作品を発表。ビオイ＝カサーレスが

とくに好んだ作家であり、『三つのブエノスアイレス物語』がよく知られている。

＊26　アール・ブリュット　Art Brut　一九四五年ごろからおもにフランス、ドイツで注目されはじめた芸術潮流。精神病患者や霊的幻視者など、社会から隔離された人々の作品が積極的に評価され、伝統的な美術史において評価の対象外とされてきたものに光が当てられた。

＊27　マストロナルディ　Carlos Mastronardi（一九〇一―一九七八）　アルゼンチンを代表する現代詩人の一人。ボルヘスやゴンブロビチとの親交によっても知られる。

＊28　ベアルン　フランス南西部、スペインとの国境に近いピレネー山中の歴史的地方を指す呼称。

＊29　マンシジャ　Lucio Victorio Mansilla（一八三一―一九一三）　アルゼンチンの軍人。日記作家としても知られ、『ランケル族討伐記』を執筆。父は独立戦争で活躍した軍人。

＊30　ペレグリーニ　Carlos Pellegrini（一八四六―一九〇六）　アルゼンチンの政治家、法学者。一八九〇年より一八九二年まで大統領在位。〈ラ・ナシオン〉銀行の創設者でもある。

＊31　ビリャサンディノ　Alonso Alvarez de Villasandino（一三四五―一四二四）　スペインの叙情詩人。カスティーリャ王国の宮廷詩人に迎えられる。その作品の多くは『バエナ詩歌選』に収められている。

＊32　フローベールの書いた……　「フローベールの政治観」のなかの一節。日本語訳は、『エドマンド・ウィルソン批評集2』（中村紘一・佐々木徹・若島正訳、みすず書房）を参照させていただいた。

訳者あとがき

ホセ・エルナンデスの『マルティン・フィエロ』やリカルド・グイラルデスの『ドン・セグンド・ソンブラ』によって代表されるガウチョ文学を想起するまでもなく、〈陸〉あるいは〈大地〉を舞台とした作品がアルゼンチン文学の伝統を形づくる主要な系譜として浮かび上がってくる。一方、〈海〉またはより広義に〈水〉を背景とした作品が意外に少ないという指摘はしばしば耳にするところである。もちろん、新しい作家まで含めると、幼少期を過ごしたパラナ川水系の思い出を創作の重要なモチーフとしたフアン・ホセ・サエルのような作家がいることも事実であり、軽率な断定は差し控えなければならない。しかしながら、エセキエル・マルティネス・エストラダが『パンパ透視図』のなかでつとに指摘しているように、広大無辺のパンパがアルゼンチンおよびアルゼンチン人のアイデンティティの根幹に食い込む原風景をなしていることを考えると、それが文学の歴史にもおのずから反映されるであろうことは想像に難くない。

そうした背景を踏まえると、大海に浮かぶ孤島を舞台とした『モレルの発明』やその姉妹篇ともいうべき『脱獄計画』を著したアドルフォ・ビオイ＝カサーレス（一九一四〜一九九九）は、アルゼンチン文学史において特異な位置を占める作家といえるかもしれない。とりわけ『モレルの発明』に登場する映写装置が潮の干満を動力とし、それが生み出す幻像が物語を牽引する力として働いていることは、作品のメカニズムそのものが〈水〉の原理に支配されていることを象徴的に物語っているようで興味深い。ビオイ＝カサーレス自身『メモリアス』のなかで水に対する偏愛をしばしば口にしているのも示唆的である。

ここで注目に値するのは、ビオイ＝カサーレスが本書で繰り返し語っている農場生活の情景である。経営者としてパルドの農場にたびたび滞在した彼は、誰にも邪魔されることなく読書や執筆に明け暮れる毎日を送った。周囲から隔絶され、絶対的な平穏が支配する農場での生活は、ビオイ＝カサーレスにとってまさにユートピアに等しいものであっただろう。興味深いのは、そうした至福の生活を振り返りながら、その延長線上に位置するものとして『モレルの発明』や『脱獄計画』の舞台となっている〈島〉に言及している点である。広漠なパンパに取り囲まれた〈大地〉での生活は、執筆に没頭するビオイの想像力のなかで、ごく自然に絶海の孤島のイメージに結びついたのであり、私たちはここに、〈陸〉のユートピアがそのまま〈水〉のユートピアに転化する魔術的な変容を目にするのである。『モレルの発明』はまさに、〈陸〉あるいは〈大地〉に根ざした海洋小説として、アルゼンチン文学の正統に連なる作品だといえるだろう。

ところで、科学技術が飛躍的に進歩した現在からみても、『モレルの発明』に登場する映写装置が有する不思議な衝迫力は相変わらず健在である。過去に撮影された男女の集団の立体映像を永遠に反復再生するあの光学機器は、観客の存在をはじめから捨象した自律的な永久運動装置として、寒々とした無人島にひっそりと置かれている。潮汐を動力として人工的に生み出される「避暑客たち」の幻像は、無人島という不在の空間を舞台に、果てしのない人間ドラマを繰り広げる。無人島が象徴するこの〈不在〉は、アルゼンチンという国土を特徴づける〈歴史の不在〉にどことなく重なってみえてくる。

先コロンブス期の先住民文明の不在を満たすかのようにスペイン人征服者たちの手によって建造された人工都市ブエノスアイレスは、広大な平原に浮かぶ陸の孤島として、南米における植民地行政の中核としての歴史を歩み始めた。十九世紀後半に精力的に推し進められた先住民討伐作戦によって土着の伝統が根絶されると、今度はその空隙を埋めるかのように大量の移民がヨーロッパから押し寄せる。新天地に流れ着いた彼ら移民たちは、故郷喪失にともなう過去との断絶を刻印された人々であり、いわば〈根なし草的存在〉（ボルヘス）としての境涯を強いられた流れ者だった。

先に挙げた『パンパ透視図』のなかでエセキエル・マルティネス・エストラダは、過去の不在によって特徴づけられるアルゼンチンは、同時に未来の不在をも抱え込むことになったと述べ、歴史の空白のなかに浮かぶこの国のありようを何よりもよく象徴するものとしてのパンパに着目している。同じくアルゼンチン生まれの作家エルネスト・サバトは、「偉大なインディオ文明（アステカやインカ）の後ろ盾」のないアルゼンチンを、「文明の辺境、その果てるところ」（『作家とその亡霊たち』寺尾隆吉訳）に位置する国としてとらえている。両者とも、歴史的な空白と地理的な空白がぴったり重なりあう地点にアルゼンチンの本質を見定めている点で共通している。

歴史の不在を埋めるかのごとくヨーロッパからさまざまな文物が移入されるという構図は、ラテンアメリカ諸国のなかでもとくにアルゼンチンに顕著な現象だといえる。なかでも首都ブエノスアイレスは、ヨーロッパからの移民の流入とともに近代化の道を歩み始め、のちに〈南米のパリ〉と称されるまでにその相貌を一変させる。街のいたるところにフランス風の瀟洒な建物が林立し、イタリア産の大理石をふんだんに用いた邸宅の連なりも、欧風の都市文明を謳歌するブエノスアイレスの絢爛をしのばせる光景となった。再びサバトの言葉を借りれば、「虚無の上に築かれた混沌の都市」としての威容を徐々に現し始めるのである。

こうした西欧志向が、都市の景観にとどまらず文化全般に及ぶのはごく自然の成り行きであった。ボルヘスは、「アルゼンチン作家と伝統」と題されたエッセーのなかで、「アルゼンチンの伝統は全面的に西欧文化であり、しかも、われわれはその伝統に対し、西欧のある国々の住民が有するよりも大きな権利を有する」(牛島信明訳)と述べている。西欧文化のなかに身を置きながらも、特別な感情によってそれに拘束されることがない、いいかえれば、西欧文化の長きにわたる伝統の重みに押しつぶされることなく、自由な発想と独自の視点を生かしながらその果実を自在に摂取することができる、そういう強みをアルゼンチンはもっているというのである。「文明の辺境、その果てるところ」に位置するアルゼンチンの文化的特性の核心をついた言葉として注目に値しよう。

西欧という定点をつねに視野に収めたアルゼンチン文化のあり方は、しばしば文学作品を規定する重要な要素となる。ビオイ＝カサーレスの『モレルの発明』がH・G・ウェルズの『モロー博士の島』

へのオマージュとしての意味合いをもち、多くの点で後者を参照していることは周知の事実であるし、その五年後に発表された『脱獄計画』も、ヴェルレーヌ、ボードレール、ランボー、ブレイク、ガストン・ルルー、ウィリアム・ジェームズをはじめ、ヨーロッパの文学作品を踏まえた「精巧な引用の織物」(『脱獄計画』鼓直氏による解説)からなる作品である。フォスティーヌ、イレーヌ、アンリ・ヌヴェール、グザヴィエ・ブリサック、等々、フランス風の名前をもつ人物が多数登場するのも、ビオイ＝カサーレスの西欧志向を端的に物語る手近な例といえるかもしれない。

このことは、むろんビオイ自身の生い立ちとも無縁ではない。本書を一読すればわかるように、ビオイの幼少時代を華やかに彩るフランス風の生活は、たとえばボルヘスが語る「私が子供だったころ、フランス語を知らないというのは、ほとんど文盲であるというのに等しかった」(「序文集の序文」牛島信明・内田兆史・久野量一訳)という状況とともに、当時のブエノスアイレスの西欧文化への傾斜をあますところなく示している。ビオイが回想する読書遍歴にも、イギリスやアメリカ、フランスをはじめとする西欧文学の作品が少なからず登場する。自らのルーツに触れた彼の述懐から浮かび上がってくるのも、ヨーロッパ移民の家系に属する典型的なアルゼンチン人の姿である。父方の祖父の生地であるフランスのオロロン、祖母のドメック家の故郷とされるフランスのジャスをはじめ、母方の祖母エルシリア・リンチ・デ・カサーレスはアイルランド人の血をひく女性であり、彼女の夫ビセンテ・L・カサーレスはスペインのバスク地方の家系に属する人物であった。

ブエノスアイレスの街路を行き来するピアース・アロウ、イソッタ・フラスキーニ、パッカード、ドラージュ、キャデラックといった外国製の車を憧れの目で眺めていた少年時代のビオイは、フランス人の家庭教師マドレーヌに恋をし、映画女優のルイーズ・ブルックスやマリー・プレヴォー、マリオン・デイヴィス、イヴリン・ブレントに夢中になる。長じて作家となってからも、パリやロンドン、ニューヨークにしばしば外遊し、フランスの保養地エクス＝レ＝バンは、腰痛に苦しむ彼にとってまさに別天地のやすらぎを与える理想郷であった。

ビオイ＝カサーレスが若いころにかかわりをもちはじめた文芸誌〈スル〉も、海外のさまざまな潮流に広く門戸を開いた雑誌として、アルゼンチン文学史に一時代を劃した。雑誌にみられるコスモポリタン性は、創刊者であるビオイの義姉ビクトリア・オカンポの存在に負うところが大きい。スペイン語よりもフランス語で執筆することを得意とし、国籍や人種を問わず多くの知識人たちとの幅広い交友を通じてアルゼンチンの文壇に新風を吹き込むことに尽力した彼女は、文業そのものよりも、国境を超えた壮大な知的交流の立役者として記憶に値する人物である。ビクトリアの計らいによってビオイとボルヘスの幸運なる出会いが果たされたことは本書にも述べられているが、その舞台となった彼女の広壮な屋敷〈ビリャ・オカンポ〉は、現在はビクトリア・オカンポ記念館として一般にも公開され、往時の華やかな社交生活をしのばせる場となっている。ドリュ・ラ・ロシェル、アンドレ・マルロー、ハクスリー、オルテガ・イ・ガセット、カイザーリング、ウォルドー・フランク、ヴァージニア・ウルフ、タゴールをはじめ、あまたの知識人や作家、芸術家たちと親交を深めた彼女は、たとえばタゴールのためにわざわざブエノスアイレス郊外のサン・イシドロに一軒の家を借り、長期滞在の便宜をはかったり、あるいは第二次世界大戦の戦火を逃れて五年ものあいだブエノスアイレスにとどまったロジェ・カイヨワに自宅を開放するなど、その厚遇ぶりは特筆に値するものだった。

そんな彼女が専横な女傑としての横顔を見せることがあったことは本書におけるビオイ＝カサーレスの証言からもうかがえる。文学サロンの女王として君臨するビクトリアは、ビオイにとっては畏敬の対象であると同時に、煙たい存在でもあったようだ。ダニエル・マルティノが編纂したビオイ＝カサーレスの遺作『旅人の休息』（二〇〇一年）には、そのあたりの消息が赤裸々につづられている。〈スル〉の創刊を成し遂げたビクトリアの功績に敬意を払いつつも、「彼女とはけっして打ち解けることができなかった」と告白するビオイは、周囲の人間に絶対的な服従を求めるビクトリアの不遜な態度をあげつらい、〈ビリャ・オカンポ〉に集う文学者たちを女王にこびへつらう「道化」の集団になぞらえている。

一九九四年に刊行された本書『メモリアス』にも、私的な感情を吐露した回想が随所にちりばめられ、八十歳という老境に達したビオイがのびのびと自由に語り下ろした回顧録となっている。日常的な些事の描写が長々とつづくかと思うと、文学をめぐる鋭い省察がときおり顔をのぞかせるといった具合に、濃淡さまざまな断章のパッチワークが織りなす本書は、ビオイお気に入りの雑文形式による随感録と呼んでしかるべきものである。盟友ボルヘスとの思い出や妻シルビナとの関係、農場経営者として暮らした田園での生活、一族の歴史をめぐる興味深いエピソードの数々、幅広い交友関係、書物をめぐる記憶、そして何よりも作家としての成長の軌跡など、ここにはビオイの素顔をうかがわせる逸話が満載されている。オクタビオ・パスの妻エレナ・ガーロとの出会いをめぐる思い出も、二人の不倫の愛の顛末を知っている現在のわれわれが読むと、抑制された語り口がかえって印象的である。作品としての統一感や論旨の一貫性よりも即興的な展開の妙に重きをおいた『メモリアス』は、作者ビオイ＝カサーレスの生の声を伝える好著といえるであろう。

なお、本書の成立にかかわった協力者として、マルセロ・ピチョン・リヴィエールとクリスティナ・クランウェルの名が巻頭に掲げられているが、なかでもマルセロ・ピチョン・リヴィエールは、口述筆記を通して本書をまとめあげる際に中心的な役割を果たしたことが伝えられている。一人称体による自伝的語りという体裁をとりつつも、肩の凝らない〈聞き書き〉といった印象を与えるのはそのためである。また、この本には、過去に発表された対談集と同じ内容の記述がときおり見られるが、そうした構成にもリヴィエールの意向が働いているものと思われる。ちなみに、ジャーナリスト、作家、文芸評論家として幅広く活躍している彼は、ビオイ＝カサーレスのいくつかの作品に詳細な解題を付したアンソロジー（『発明と陰謀』）を一九八八年に発表している。

翻訳に際しては、底本として Adolfo Bioy Casares, *MEMORIAS, Infancia, adolescencia, y cómo se hace un escritor*, Tusquets Editores, Barcelona, 1999. を使用した。訳稿が出来上がるまでにはいろいろな方々のお世話になった。ビオイ＝カサーレスの遠縁にあたるアルベルト・カサーレス氏には、ビオイとの思い出の数々を語っていただいた。ブエノスアイレス市内のスイパーチャ通りに古風な書店を構える氏は、古びた木製の本棚をびっしりと埋め尽くす書物にときおり手を伸ばしながら、訳者のささいな疑問にも懇切丁寧に答えてくださった。また、ビオイのみならずオカンポ姉妹とも親交があり、かつて文芸誌〈スル〉の編集にかかわったこともあるエドゥアルド・パス氏や、ビオイの親しい友人として本書にもその名が登場する映画監督のエドガルド・コサリンスキー氏（映画の脚本をはじめエッセーや短篇、長篇小説など多数の著書がある）など、ありし日のビオイを知る人々から直接話を伺うことができたことは望外の幸せであった。

この本は、現代企画室から二〇〇九年から一〇年にかけて刊行されたエルネスト・サバト著『作家とその亡霊たち』およびマリオ・バルガス・ジョサ著『嘘から出たまこと』につづいて、スペイン政府文化省の助成金を得て翻訳・出版されたものである。スペイン文化省、セルバンテス文化センター、現代企画室をはじめ、有形無形のご支援、ご協力を賜ったすべての方々にこの場を借りて厚くお礼を申し上げたい。

二〇〇九年一二月　　大西　亮

【著者紹介】

アドルフォ・ビオイ＝カサーレス Adolfo Bioy Casares（1914 〜 1999）

アルゼンチンの作家。1914 年、裕福な大農園主の家系に生まれる。文学好きの父の影響で早くから文筆に親しみ、14 歳のときに「虚栄、もしくは恐怖の冒険」と題された推理小説仕立ての短篇を書く。18 歳のときに生涯の盟友となるボルヘスと知り合い、親交を深める。マルティン・サカストゥルの筆名で発表した短篇集『未来に向けた 17 発の弾丸』（1933 年）をはじめ、30 年代に書かれた作品はいずれも作者によって否定的な評価が下され、生前再刊されることはなかった。1940 年、作家のシルビナ・オカンポと結婚。ボルヘスの序文を付した長篇小説『モレルの発明』が同年刊行され、大々的な成功をおさめる。この作品で確立された幻想的な作風は、その 5 年後に発表された長篇小説『脱獄計画』（1945 年）や短篇集『大空の陰謀』（1948 年）にも引き継がれる。1954 年に発表された長篇小説『ヒーローたちの夢』は、幻想的な筋書きのなかに独特のアイロニーや風刺を忍ばせた作品となっている。その他の作品に、『豚の戦記』（1969 年）、『日向で眠れ』（1973 年）、『ある写真家のラ・プラタでの冒険』（1985 年）などの長篇小説や、『驚異的な物語』（1956 年）、『花環と愛』（1959 年）、『偉大な熾天使』（1962 年）、『幻想物語』（1972 年）、『愛の物語集』（1972 年）、『女たちのヒーロー』（1979 年）といった短篇集がある。ボルヘスやコルタサルと並び称される短篇の名手としても名高い。また、妻のシルビナ・オカンポとの共作『愛する者は憎しみを抱く』（1946 年）や、オノリオ・ブストス＝ドメックの筆名によるボルヘスとの共著『ドン・イシドロ・パロディ　六つの難事件』（1942 年）、『ふたつの記憶に値する幻想』（1946 年）、『ブストス＝ドメックのクロニクル』（1967 年）、『ブストス＝ドメックの新しい短編』（1977 年）、あるいはベニート・スアレス＝リンチのペンネームによるボルヘスとの共作『死のモデル』（1946 年）など、いずれも推理小説や幻想小説の骨法を踏まえた興味深い作品となっている。1955 年には同じくボルヘスとの連名で映画のシナリオ（『ならず者』『信者たちの楽園』）が発表されている。ボルヘスとの共同作業はアンソロジーの編纂にも及び、『推理小説傑作選』（1943 年）、『怪奇譚集』（1955 年）、『天国・地獄百科』（1960 年）、あるいはシルビナ・オカンポを加えた三人の編纂による『幻想文学選集』（1940 年）、『アルゼンチン詩選集』（1941 年）などが知られている。1990 年にセルバンテス賞を受賞。

【翻訳者紹介】
大西亮（おおにし・まこと）
1969年横浜市生まれ。大阪外国語大学（現大阪大学）イスパニア語学科卒。神戸市外国語大学修士課程、博士課程修了（文学博士）。現在、法政大学国際文化学部准教授。専門はラテンアメリカ現代文学。訳書に『現代メキシコ詩集』（共訳、土曜美術社出版販売、2004年）がある。

メモリアス――ある幻想小説家の、リアルな肖像

発　行　2010年4月1日初版第1刷1200部
定　価　2500円＋税
著　者　アドルフォ・ビオイ＝カサーレス
訳　者　大西亮
装　丁　本永恵子デザイン室
発行者　北川フラム
発行所　現代企画室
東京都渋谷区桜丘町15-8-204
Tel. 03-3461-5082 Fax 03-3461-5083
e-mail: gendai@jca.apc.org
http://www.jca.apc.org/gendai/
印刷所　中央精版印刷株式会社

ISBN978-4-7738-1003-5 C0098 Y2500E

現代企画室の本　　スペイン語圏文学の既刊・新刊

〈ラテンアメリカ文学に新たな風を呼ぶ・新世代の作家たち〉

オラシオ・カステジャーノス・モヤ（エル・サルバドル）

崩壊 2000円

軍事政権、ゲリラ、クーデター、内戦、隣国同士のサッカー戦争 ── 人びとを翻弄する中央アメリカ現代史を背景に、架空の名門一族が繰り広げる愛憎のドラマの行方は？ 寺尾隆吉＝訳

ラウラ・レストレーポ（コロンビア）

サヨナラ　自ら娼婦となった少女 3000円

松本楚子／サンドラ・モラーレス・ムニョス＝訳

石油と娼婦の街に生まれた美しい愛の神話。ジャーナリスティックにかつ幻想的に歴史の内面を抉りだす、ラテンアメリカ文学の新たな境地。

〈セルバンテス賞コレクション〉

作家とその亡霊たち 2500円

エルネスト・サバト＝著　寺尾隆吉＝訳

嘘から出たまこと 2800円

マリオ・バルガス・ジョサ＝著　寺尾隆吉＝訳

メモリアス 2500円

アドルフォ・ビオイ＝カサーレス＝著　大西亮＝訳

ロリータ・クラブの愛の歌 （2010年5月刊行予定）

フアン・マルセー＝著　稲本健二＝訳

子羊の頭 （2010年5月刊行予定）

フランシスコ・アヤーラ＝著　丸田千花子＝訳

＊価格は税抜表示です。